我是凡尘最美的莲花

夏风颜 —— 著

湖南文艺出版社 博集天卷

这一刻，千山万水，

我是罗桑仁钦·仓央嘉措。

不为修来世，
只为途中与你相见。

我是凡尘最美的莲花

若我是莲花，
遗世而独立，
我是凡尘最美的莲花。
若你是莲花，
当你站在佛祖面前，
你就是我的莲花。

我在人世之前，

心随人世而去。

不负韶华不负己

关于《我是凡尘最美的莲花》的起源，追溯自二〇一一年，距今已有九年的时光。那时仓央嘉措风靡全国，我身边认识的、不认识的人几乎都在谈论他，这个雪域最高的僧人，世间最美的情郎。

仓央嘉措是第六世达赖喇嘛，全名是罗桑仁钦·仓央嘉措。关于他的传说有很多，关于他的误传也有很多。有那首被错认成他写的"你见，或者不见我"，也有他写下的"不负如来不负卿"。他是一个僧人，也是一个凡人。

我第一次读他的诗，缘于那首"不负如来不负卿"。想着一个活佛抛下身份，从神坛跌落凡尘，甘愿做一次凡人，经历一世情劫。我佩服他的勇气，也哀叹他的不幸。多年之后，他的生平、传记、诗歌、情史被世人反复传诵、默读,而他早已不知……抑或他知,早在几百年前,当他的一生被载入史册时,就已经注定了结局。

"我到人世来,被世人所误。我不是普度众生的佛,我来寻我今生的情。"

当我的耳畔回响起那首《人生如此》,当我念着他的诗悲伤地落泪,我知道,某一刻,他走进了我的灵魂深处,仿佛我就是他,而他,就是我。

于是,我写下了他。以第一人称讲述他的一生。你不必把这本书当传记来读,事实上这也不是传记。这是一个人的自述,回忆过往,遥想一生。

仓央嘉措已封"神",高高在上的神祇,万千少女心中的情圣。而我只想把他拽入凡尘,因为凡尘中的他最真实,也最接近我想象中的样子。我不想以一个后人的笔调将他盖棺论定,事实上也不需要。他的一生,不应被误读,也无须被非议。我相信他只是想悄悄地来,悄悄地走,在青山绿水间逍遥红尘,在风花雪月中尝人世清欢。

多年后,我已褪去一身稚嫩,被岁月历练成一个不易动情的成年人。可每当想起那首听了一整夜的歌,那一夜写下满满几页字的纸,依然热泪盈眶。

这些年来,走过很多地方,历经很多故事,心想:岁月如此薄情,夺走最珍贵的东西,时间、生命、亲人、快乐的日子;岁月亦如此温情,给予成长、信念、阅历和生活的温度。我不再年少,但我依然可以说，我有一颗少年心。

这本书，初版于二〇一一年，现在市面上已经很难找到了。二〇一四年，它因拯救"失足少女"成为当年的新闻事件，慢慢地打开了知名度。从被当作书写仓央嘉措的人物传记，到褪去名人光环还原成单纯的心灵文字，这些年，陆陆续续地看到它的消息。我很开心，依然有很多人记得它，很多人把它带在身边，赴一场西域雪原的朝圣之旅。它作为一本带给读者阅读价值和心灵抚慰的书，有着存在于这个世间最真诚的心意。谢谢你们，记得它。

不负如来不负卿。

愿你读完它，不负韶华不负己。

夏风颜

二〇二〇年六月　北京

若我是莲花，
遗世而独立，
我是凡尘最美的莲花。

我是凡尘最美的莲花

目录

前半生 · 情缘

我是凡尘最美的莲花

我到人世来，被世人所误。
我不是普度众生的佛，我来寻我今生的情，
与她谈一场风花雪月的爱。

我是少年人，我有佛心也有凡心。
向佛祖求参悟不了的惑，与有情人做快乐
尽兴的事，不枉一场人生。

后记·

157

与君书 ·清欢·

你是我永生铭记的少年

真实的你是夜阑深处最美的记忆，无人可替代。

几世轮回，终不会无休无止，唯独你，值此一生，成为永恒。

后半生 · 佛缘

岁月，是佛牵手的一朵情花

第一场 ·

167

念

生命是慈悲

我一度背离佛，又一度靠近他；
我一度背弃佛，又一度想念他。
人这一生，不过在于一念的惊现与消弭，
为情，为凡尘，为自己。

第二场 ·

183

尘

盛开只是一种过去

过去的冥想是为了现在的觉悟，
现在的觉悟是为了未来的救赎。
而未来的救赎，是为了看到一个不被红尘倾倒的世界。

前半生·情缘

我是凡尘最美的莲花

第一场

莲华生·前缘·

我到人世来，被世人所误。

我不是普度众生的佛，我来寻我今生的情，

与她谈一场风花雪月的爱。

我是佛前一朵莲花

·往生·

人生。如此。

我不知从何处来，也不知向何处去。很多年了，我独坐莲花台，伴着莲花台前一池静谧无波的清水，水中红莲若隐若现。它们偶尔绽开美丽高洁的笑颜博我一笑，更多时候沉入水中，唯有一池静如明镜的深水与天空相望。

那高远苍白的天空仿佛我没有尽头的一生，星云皆是我用寂寞缔造出来的幻境。那里面有连绵起伏的青山，有日光铺满的古城，有巍峨雄壮的金銮殿，有圣洁如雪的安宫花……还有那些人。那些我爱过的与爱过我的人，我的子民，他们虔诚地敬拜我。

是的，或许你已猜出，我的身份很特殊。那一世，我一切皆可抛下，唯独生命之城。它并非一座城池，是我心中的幻城。日光倾城，永远没有黑夜。我独自坐在遥远的山巅，俯视众生万象。

死生皆虚妄，不过贪图一时欢乐。

享乐苦，何以欢。你或许不知放纵的快乐便是极致的痛苦。前尘往事一幕一幕如风雪过境，千鹤纷飞，莲花开了人却已不在。

生命是一场风花雪月的痛。你要记得。

有人说，我是佛。有人说，我已成佛。我其实谁也不是，我只是我，一个独坐高台看云生云灭心入尘埃的男子。

我喜欢这个称呼，男子。先是男，再是子。男，意味着我有我的归属，我是一个可尝情的凡人。子，是大地之子。我向往天空，终究要回归大地。有人问我，你不该是佛的孩子吗？错了，你们都错了。我犯了戒，于是受戒，但我不是因为佛的惩戒而甘愿受罚。我想再回人间走一遭。

如此，而已。

我不贪心，我只是想度善缘。我想用我的诚心感动佛，想问一问他，可否度我百年光阴，让我看看前世，或者来生。

我信人世轮回，我不怕永坠地狱。我伸不出抚摸天空的双手，那么便让我足踏莲花，从哪里来，到哪里去，回归深海或者没入尘沙，我可以微笑着告诉佛祖：当我站在他的面前，我是凡尘最美的莲花。

那一天，
闭目在经殿的香雾中，
蓦然听见，你诵经中的真言。

那一月，
摇动所有的转经筒，
不为超度，只为触摸你的指尖。

那一年，
磕长头匍匐在山路，
不为觐见，只为贴着你的温暖。

那一世，
转山转水转佛塔，
不为修来世，只为途中与你相见。

我的前世是特别的一世，以至后世很多人记得，写下关于我的情诗。那一世，我风光过，痴情过，叛逆过……纵使相逢应不识，有人记得我，有人很快忘记我。他们说，我是一个不该来到凡尘的人。而那时我想的是，倘若有来世，我想成为花，不打扰别人，不阻碍别人，凋零在土地上也不会污染了它。

我对爱人说："我想要成为一朵花，被你亲自摘下，凋谢在你的手中。"

爱人对我说："若你是花，当你站在佛祖面前，你就是我的莲花。"

于是，我轻轻地笑起来。

世人皆爱我，我却独独寻觅最爱的人。我以为我得到，得到之后很快失去，心痛如麻。我也知道，我凡尘的人生是悲喜无常的一生。我来，抑或不该来，都是对情缘的执着，不是惩戒。

执着是错，
悲由智生。
展示愚昧，
心中窃喜。

佛祖说我心中有智慧，他亲自拣选了我。我却想，我心智愚昧，只有一颗痴心，为情而痴的凡心。

我到人世来，被世人所误。我不是普度众生的佛，我来寻我今生的情，与她谈一场风花雪月的爱。然后，醉倒在她的怀中，被她温柔的手轻轻抚摸微闭的双眸。

所以，你现在应知，也许你误读了我，也许你只以为我的爱源于对世人的悲悯。我却执着于一个镜花水月的传奇，告诉你，我与你皆凡人，你不必为我伤悲。也许彼一世，我还会再来，也许就坐在你的身边，当你不经意地抬起头时，会看到我微微一笑的容颜。

·转世·

我出生伊始，传说天降异象，花雨漫天，七轮旭日同时升起，金光耀眼。人们视为祥瑞的征兆，能带来神明的庇佑。于是，甫一出生的我便得到邻里乡亲的喜爱，他们说我是"莲华生转世"，给家乡带来光明与福祉。

幼年的我不懂他们嘴里说的"神童""转世"，我只是我，一个承欢父母膝下、经常流连山林的野孩子。我的阿爸给我取名，阿旺嘉措。

阿旺嘉措，阿爸取这个名字，带着对我深切的期许与厚望。也许他相信了那个预言，认为我是莲华生的转世。莲华生是我们门巴族人信奉的宁玛派创始者，而我降临人世，便是为了顺承他，弘扬佛法，普度众生。

每晚临睡前，我抬头仰望头顶这片广袤幽蓝的星空，心中充满无限神往。相比那神秘缥缈的莲华生，我更希望自己只是天上的一颗星，绽放着煜煜安宁的光芒，在黑寂的深夜照亮前方的路，路人不至于寻不到归家的方向。

我想，我只是一颗星，拥有着清泉一般的眼眸，给我的阿爸阿妈，我的乡亲，我恋恋不舍的花鸟带去生生不息的光明与温暖。那么，即便只是做一个普通人，此一世，彼一世，我也无限快乐。

> 家乡的山谷谧静安适，
> 太阳的光芒欢乐相聚。
> 祝愿相聚，永不分离；
> 如若分离，愿再相聚。
>
> 家乡的雪山谧静安适，
> 雪山的白狮欢乐相聚。
> 祝愿相聚，永不分离；
> 如若分离，愿再相聚。
>
> 家乡的村寨谧静安适，
> 我们的亲友欢乐相聚。
> 祝愿相聚，永不分离；
> 如若分离，愿再相聚。

我出生的地方门隅，藏语称"白隅吉莫郡"，意为"隐藏的乐园"。这真是一片美丽圣洁的沃土，每一寸开出花的土壤散溢着莲花般的香气，亘古苍穹，孜孜不倦地孕育着我们的族人。如是，莲华生，我更倾向于出生在一个莲花盛开的地域，门隅，便是我心中的莲花净地。

寂寞的日子，我站在远山之巅，仰望着云天之上一对形影相依的白鹤悠悠飞过，回味着久远的传说。

相传门隅是金刚女神多吉帕姆的化身，面向苍穹，仰卧于一朵盛开如盘的莲花之上。她皎洁如雪的面容对着苍郁的蓝天，背后的莲花延伸出一片清静安宁的大地。她沉睡于莲花之上，宛若莲花开出的圣女，所有门隅的族人都是她的子民，得她的庇佑。

我埋下脸，想一想自己。每一个神秘带着寓意的传说之中都有一个隐象，暗喻前生与后世的关联。若门隅是莲花，我在莲花之上，便也出自莲花，结出莲心，这其中的苦涩滋味，只有我一人品尝。

我在梦里无数次幻想，莲华生，我的前生，会以何种化身示人。是如童子般静坐于莲心之中，双眼微闭，静默自持；还是袅袅白衣如炊烟，足踏莲花自远方来……每当我从梦中醒来，心中默念："我已灭度后……名为莲华生……"真实的情形是，他幻化成八种变相惊扰了我的梦。

我试着问他：我是否是你的转世？

莲师反问：你是否希望是我的转世？

我又问：那么何时，你带我回去？

莲师言：你是你，我是我。你若不愿流连凡尘，自会回去。

我问莲师：我从哪里来，要到哪里去？

莲师言：世间种种变相，皆有起源。来与去皆是命中定数，不可参度。

我再问：我是否还会再见到你？

莲师言：你若心中有我，自然会再见。

我再一次见到白鹤，飞在行云之上，它的同伴不见了，看起来如此孤单落寞。我问它，能否载我同行。它弯下纤细的脖颈，白羽翩跹而落。我在想，若此时手中有玉笛，为它吹起一曲萨玛，它是否能重拾曾经的高傲与柔情。

· 莲华生 ·

我原以为，我会一直清静平凡地生活下去。有关那个"莲华生"的转世预言，原不过一场梦，我梦见了传说中的莲华生大士，与他相问，他言心中有我便见我，我却不以为然。后来，我不再梦见他，想来便是心中无他了。

我依旧流连山野，沿着清湖的足迹，去寻开在深处的莲花。我想我能找到它，因为我是如此执迷于它。我不信那个传言，却相信我生于莲花。

日复一日，即使日子依旧安宁，我也知静水之下不乏涌动的暗流。譬如天象，花雨漫天里东方七轮红日同升；譬如彩虹照屋，大地蓦然震颤三次；譬如青青山脉之外的天地人间，是乐土，也是乱世。

我的幼年，让我记得的事寥寥无几。我安于平凡，乐于追寻快乐，所认定的快乐，必然来自山野。如此，我没有什么特别记得的事和人。如果记得某个人，定是终生难忘。

某日，家中来了两个陌生的僧人，朴实善良的阿爸阿妈热情相待。不知为何，见到他们我蓦然想起了梦中与莲华生大士相会的情景，忆起了他说的："世间种种变相，皆有起源。"

相遇是缘，相识更是缘。这两位有缘的僧人在家中住了下来。

我的父母皆是纯善信奉红教的藏民，他们安分守己，清简度日。当这两位僧人突然出现在家中时，阿爸一向平静慈祥的面容流露出一丝复杂的神色，他看向我的眼神是那样欣喜与不舍……

他缘何不舍呢。

我问阿妈:"这两位僧人来家中做什么呢?"

一向温婉沉静的阿妈蓦然流下眼泪,她看着我沉默不语,似喜似悲。我不觉看向那两位突然面朝我站起来的僧人,我静静地注视着他们,心中涌起一股从未有过的迷茫。

我已灭度后,
汝等莫忧伤,
无垢彩湖中,
较我胜士夫。

我已灭度后,
一百十二年,
较我甚殊胜,
名为莲华生。

"我已灭度后······名为莲华生。"

我感觉清泉般的虹光照耀头顶,顷刻间有泪在即。原来我心心念念的,并非是天上终年不落的星,我自入尘埃,心却向菩提。

我是谁,我又会成为谁。

·佛缘·

"从哪里来，到哪里去？"

"从该来之处来，到该去之处去。"

"世间种种变相，皆有起源。来与去皆是命中定数，不可参度。"

彼时，我尚未得知日后的命运，只觉得那两位僧人可亲可近，他们亦对我表现出珍视和亲近。我虽心有怯意，表面却天真欢喜。

他们问我日常生活和喜好。我告诉他们，我喜欢流连山野，喜欢和树上的鹂雀对话。其中一人微皱眉头，本欲说什么，却被另一位面容慈祥、头戴僧帽的人出言制止，他面带微笑地问我："你想去外面看看这个世界吗？"

我即刻答："想。"没过多久，又摇了摇头说，"不想。"

僧人疑惑，问我："为什么想，又不想？"

"想是因为心中确然所想，不想是因为心之所至。"

僧人听完哈哈大笑，细长的眼眯起来，眼角满是因岁月堆积的皱纹。他说："既想，又不想，那到底是想，还是不想呢？"

"但凭心定。"

这是我记得的最后一句话，也是最后一句发自真心的话。日后那些与父母诀别之时怆然涕下的感言，那些对爱人许下的情深义重的承诺，甚至是，对一生最恨却最敬重的人说出的任性妄为的话，都抵不过这一句，但凭心定。

人生最难得的，便是但凭心定。

执着如渊，是渐入死亡的沿线。
执着如尘，是徒劳的无功而返。
执着如泪，是滴入心中的破碎，破碎而飞散。

也许我这一生最执着的，不是情缘，而是佛缘。因为我连问情，都要受佛的指引。而初时我来到人间，走过重重山脉自一方来，到底是因为佛缘。

一切佛兴，皆从信起。那么佛缘呢，也是一个"信"字。

我的童年，并非如想象中那般清静平凡。有人在隔着千山万水的地方，在那高高的官殿庙宇之上遥望我的出生之地，或许透过苍穹之上的流云遥想我酷似某个人的模样……命运的经轮悄悄转动，彼时、彼地，我由我的前生，转向了未知的来世。

深谷里堆积的白雪，
是巍峨的高山的装饰，
莫融化呀，请你再留三年。

深谷里美丽的鲜花，

是秀美的深谷的装饰，

莫凋谢呀，请你再盛开三年。

家乡的俊美的少年，

是阿妈心中的温暖，

莫离开呀，请你长住不散。

家乡的歌总是情深意长，日后回味起来，带着缠绵的酒的甜意，一醉是一生。然而，任君再多挽留，我还是要去往远方，带着阿爸阿妈深切的期许与不舍，带着家乡族人殷切的厚望……

还有你，在云深云浅的天空，在水深水浅的镜湖，回望我的一生。你在湖中央，笑颜清绝如莲花，对我唱着久违的《倾慕》，我却只能来世以酒相赠，敬你永远如初。

在春天的花影里，在夏天的艳阳里，在秋天的落叶里，在冬天的风雪里，请让我执起你的手，与你并行一段山长水长的路。在人世的高山流水里，你会看到天空的明媚不是因为往生太美而前程繁花似锦，是因为你的眼中，有伊人为你流过的泪。

山长水长，

前路漫漫，

往生缘故，

情难绝。

日出光华，
天涯无归，
青山依旧，
多妩媚。

第二场

措那宗 · 相
遇 ·

我是少年人，我有佛心也有凡心。

向佛祖求参悟不了的惑，

与有情人做快乐尽兴的事，不枉一场人生。

人生若只如初见

·初世·

我喜欢一句诗"人生若只如初见"。

写这句诗的人比我早出生二十余年，在他短短三十年的生命中，留下了许多让人难忘的情诗。很多年之后，有人提起三百多年前一位重情重义的官家子弟，亦有人提起，一个写情诗的僧人。

我的"人生若只如初见"发生在十几岁的少年时代。那时的我，已经远走异乡，被秘密安排在措那宗的巴桑寺学习佛法经文。

巴桑寺的生活，单调而枯燥，初入人世的我无时无刻不想念阿爸阿妈，想念他们温柔慈爱的笑靥。我也想念族人们亲切热烈的问候，想念他们干燥温暖的手指触摸我的面容，鼻尖依稀闻到大地青草的气息。我更想念，皑皑白雪的山巅，金亮的日光铺满整片雪域，与天空相连。挺拔矫健的麋鹿在山林间穿梭跳跃，白鹤飞过天际，江水悠悠淌过红尘。

画里江山，一派安宁祥和。故人在画里，对我展开恍若隔世的笑颜，我依稀猜得到他的身份，伸出手，在梦里，他引我回家。

我在巴桑寺的学习，严密而井然有序。每日要研读许多经典论著，在这些广博深邃的经典中，尤爱《诗镜》。那时我学识有限，不能完全读懂其中深意。但我爱极了它的韵律，念在口中，宛若含了一朵花，清香漫溢，化解一切烦忧。

我天生携带三十二种吉相，如此吉福天相，在我看来，并非是好的预兆。我宁可只做一个面相普通的凡人，那样生命或许可以持久些，爱，也持久些。

· 初见 ·

"人生若只如初见……"我轻轻念出声，抬起头，看见她，如烟如云，向我走来。

我一直对凡尘女子怀着隐晦不明的情愫，那情愫源自相见如初的好感与天边遥远的追忆。看见每一个美丽如朝霞的女子，我便想起曾经在山巅见到的一对相守相依的白鹤，我自然认为那是仙鹤，偷偷下凡来到人间，只为度一世情缘。

我若是形单影只被遗忘了的白鹤，那么，我的爱人是否重回大地，飞越千山万水来寻我……我不记得我们如何相遇，我只记得，当我抬起头，她站在我的面前，仿若站立千年万年，只为等待命中注定的人牵起她的手。

只此一眼，我情不自禁地走过去，执起她的手。

我不知要带她去往何方，亦不知我们的前缘是否就在此地。但我知，她是我第一眼相中的爱人，她有一个好听的名字，仁增旺姆。

前世未了的情，今生得到圆满。我如此认为。那些佛法要义并没有言弟子不可恋爱，如明令禁止，我亦要打破常规，做一个佛理之外的仙人。

> 来到下方的印度国里，
> 倾慕孔雀的羽毛美丽，
> 愿借羽毛把我来装饰。

> 来到上方的藏族地区，
> 倾慕杜鹃的声音动听，
> 愿借声音助我唱心曲。

来到家乡的门隅地区，

倾慕少年们欢乐合聚，

愿借欢乐引我寻朋侣。

我为她唱起久违的《倾慕》。即便是仙人，也有倾慕的恋人，何况，我不是。我同样有每一个陷入初恋之人的苦恼，默默诵经，起早贪黑，亦不能去除凭空生出的魔障。我想，我是入了魔，一个叫仁增旺姆的少女，她把我的魂带走了。我牵起了她的手，交出了我的心。

我无时无刻不想念她，想再一次见到她。于是，我瞒着经师和侍从，偷偷下了山。措那宗，在此之前，不曾好好地欣赏。而今我感谢它，只因在那闻名遐迩的措那湖畔，我寻到了今生与共的恋人。

措那湖因情而美，青山妩媚，清湖更妩媚。我无数次幻想，我与仁增旺姆，花前月下，在这静静流动着光影的清澈湖边，诉说着彼此深念的往事与情意。

我静静地坐在措那湖畔，一个人面对碧波如海的清水与水中长长的月影。仁增旺姆没有来，我想念她。我心中一直怀着固执美好的憧憬，命运的引线在我的手中，即便是属于天空的飞鸟，它也要受我的牵引。我若不放手，它空有一双想飞的翅膀却不能流浪。

一日复一日，一夜复一夜。从最初的单纯欢喜到后来的彷徨落寞，我知，已陷入至深。世间女子都爱花，她身畔倚靠的佳郎应出尘亦入尘。而我不能。我自大山来，执迷隐秘清幽的莲花，想在世间寻一处安宁地域，饮酒写诗，与梦中恋慕的女子相依。如此，足矣。

我虽表面平静如常，心却烦忧深郁。人人知我不快乐，我亦不愿与人交流。彼时，我的不快乐，还因我想起了故逝的阿爸阿妈。

我勤劳善良的父母啊，他们养育我，有恩于我。然而，未等到我长大成人给他们养老送终，便早早地离开了人世。这是我心中深藏至久的郁结，不论光阴如何流逝飞散，都不能剔除。而仁增旺姆，与她相遇，我苍白寂寞的人生仿若涌入柔软的光芒和潮水，如同幼年母亲温柔地拥抱我，我埋在她的怀里，吸吮充沛香甜的奶水。

彼时，正当少年的我，内心情潮似海浪，又如何消退。

在碧波荡漾的河面，
我还是第一次放下小船。
风儿呀，我请求你，
千万别将我的小船掀翻。

在美好的初恋阶段，

我还是第一次尝到甘甜。

恋人呀，我请求你，

千万别把我的爱情折断。

千万人之中，爱情的海浪里，我寻到了你，便不会退却。

在我的一生中，仅有的几次相恋，我把最美的时光留给了最初。相遇，多么美好情真的词，少男少女的恋情如同盛开的茶蘼花，缠缠绕绕隐隐约约，指尖相触心意相知。

仁增旺姆，她的身世如清湖的浮萍般漂泊孤零。她也是失了家的孩子，自小与姨母相依为命，在城中开一间小店铺，艰难度日。再次相遇，是我有意为之，我打听到她的住处，悄然前往。

我站在街角一隅，看着对面小店铺忙里忙外的少女，一颗狂乱的心顿时安静了。她还是那样美丽，亭亭玉立如雪原上的番青，日光爱抚她，鸟儿围着她欢叫，她心意满足，面容单纯喜乐。

我安静地站着，日光之下，等待她发现我。所谓有情人，心意相知，我想，我与她，即使只是一次短暂的邂逅，因了前世今生的缘，不必惊怯。

她轻轻地抬起眼眸，看见我，嫣然一笑。新日映红她的脸，恍若初见。她知我会找到她，安静地站在原地，如初时相遇般，等待我牵起她的手。

再深的空虚，这一刻也得到填埋。清风吹起我们的黑发，我庆幸我还是少年人。当我牵起她的手，走过拥挤喧哗的街市，走过清静无声的小巷，走过山花烂漫的田野，走过静水流深的清湖……走过人世，走过高山，走过每一个僧人求佛的路，内心寂然欢喜。

随时光踏浪，步步生花。

你看，我们的人生原当如此丰盈美满，当你念起我的诗，是否觉得俗世几多坎坷，庆幸真情永在。

· 时光 ·

我在措那宗的这些年，日子过得安静淡泊，除了与仁增旺姆相遇相恋，无事可恼可喜。我唯一愿意亲近的人，便是启蒙经师曲吉。我称呼他，曲吉师父。

我一直记得我们初次相遇，他问我："你想出去看看这个世界吗？"

我答："想，又不想。"

如今回想起来，只觉幼年的我执拗莽撞得可爱，曲吉那时约莫也是如此想的吧。他大概得知我与仁增旺姆相恋的事。我频繁下山，有时连课业也缺席，经师多有抱怨，便找曲吉诉苦，他静静地听着，不做指示，也不做回应。他用他独有的方式保护我，宠爱我，在他的内心深处，约莫也希望我将来能长成自由翱翔于天际的雄鹰，而非囚于牢笼的幼雏。

我与他坦然相对，彼时我已长成与他同等的身量。我知他的宽容是因为我非但没有荒废课业，相反，比从前更加用心。他看到了我的努力，淡淡欣慰，也隐隐忧愁。因为我的跳脱和叛逆，同样没有瞒过远在拉萨城的桑结嘉措。

身份地位崇高无比的第巴（总管）桑结嘉措，是藏民的领袖和骄傲。他的功绩，如同五世尊者般光芒耀眼。他是尊者的亲传弟子，得以在一干教派领袖中，脱颖而出。

在我的认知里，桑结嘉措是个谜一样的存在。我不能与他亲近，却不得不去了解他，他是赐予我第二生命的人。如果说，我的出生和童年是因了莲华生转世的福佑，之后在措那宗衣食无忧、清静安然的生活便是因为他，他亲自拣选了我。至此，我与他福祸与共，性命相连。

从少年长成青年，不过几年光景。在这几年里，我认知的桑结嘉措是一个孤独矛盾的人。我入学读的第一本书，便是他写的《白琉璃》。他与五世尊者的渊源是在他八岁那年，亦如我与他结缘，也是相差无几的年岁。

桑结嘉措说，尊者是一位宽容慈祥的老人。于他而言，五世达赖并非高高在上的尊者，而是如师如父般特殊的存在。给他清冷孤寂的心带来光明和温暖，即便是最森冷的寒冬，因了尊者循循善诱的教导，因了他清泉般柔和专注的眼眸，觉得冬天也会开出最美的格桑花来。

白驹过隙，转眼我已十五岁。

我在民间成长了十五年。一方面，桑结嘉措派侍从严密地保护我，事无巨细，了解我的起居行踪。另一方面，他又迫不及待地想将我迎入布达拉官，为此做着周密的准备。那时，我并不知道自己是五世达赖的转世灵童。换言之，我尚在想象的天国里信马由缰，饮酒放歌。

我与仁增旺姆每隔一段时间便会见面，有时候约在措那湖畔，有时候约在街市，有时候我想见她，便下山去她的杂货铺看她。到后来，我不记得从什么时候开始，我忍受不了这度日如年的煎熬，频繁下山，频繁和她幽会。起初，她也热烈地回应我，避着家人出来见我。时间久了，唯恐被家人发现，她一日比一日迟，借各种理由推托。为此，我非常苦恼，却又不得不忍耐。

野外有一人，

独立无四邻。
彼见是我身，
我见是彼身。

我独立荒野之上，想着要不要去见仁增旺姆。我已经十五岁了，始终心怀忐忑。庄生梦蝶，我却梦到故乡的莲花，梦到柔美的女子仰卧于莲花之上，凝眸缱绻地注视着我，仿佛在等我回家。我却不知，自我出山，自阿爸阿妈相继离我而去，我早已没有了家，没有了生生不息的希望。

我的信仰在哪里？时隔多年，我想起了莲华生。他的面容早已随时光淡褪，我若想他，是否还能见他……

快乐有时，悲伤有时。人世一片繁华旷美，独我寥落如斯。

我是敏感的十五岁少年，念佛念不来心静，求佛亦求不来安生。

我的仁增旺姆，你去了哪里，为何还不来与我相会。

我默想喇嘛的脸儿，
心中却不能显现。
我不想爱人的脸儿，
心中却清楚地看见。

某日，曲吉师父告诉我，我的修行将满，问我有什么心愿。我已不再是当初莽撞单纯的幼童了，我小心翼翼地试探道："能不能给我一日假期，随我做什么？"

我一直知道，我的行踪是被秘密监视的。我遇到了一个好师傅，他挡去一切流言蜚语，尽可能给我自由成长的空间。而远在拉萨城的桑结嘉措，因为政事繁忙无暇他顾。可想而知，曲吉是承受着多么巨大的压力和风险在庇护我。

曲吉沉吟半晌，问我："在寺庙修习的这些年，你是否参透了佛理？"

我诚实地答："没有。"

"还记得你我初见，你对我说的'但凭心定'吗？"曲吉和蔼地望着我。

我闻言微愕，下意识地低下了头。

"孩子。"曲吉拍了拍我的肩膀，"每一个来到世间的人都有他一生需要肩负的使命，不可能永远'但凭心定'。他要受世事万象的诱惑和干扰，无法做到无喜无悲。凡人的情感正因为丰富多变，才显得珍贵。我不愿折断你的翅膀，更不愿看到你隐瞒一颗少年的心去面对众生……我希望你快乐，并且无悔。"

"快乐，并且无悔。"我喃喃道。

是的，我应当快乐，且无悔生活。我是少年人，我有佛心也有凡心。向佛祖求参悟不了的惑，与有情人做快乐尽兴的事，不枉一场人生。

·问情·

我问佛：为何不给所有女子闭月羞花的容颜？

佛曰：那只是昙花的一现，用来蒙蔽世俗的眼。没有什么美可以抵得过一颗纯净仁爱的心，我把它赐给每一个女子，可有人让它蒙上了灰。

我问佛：世间为何有那么多遗憾？

佛曰：这是一个婆婆世界，婆婆即遗憾，没有遗憾，给你再多幸福也不会体会快乐。

我问佛：如何让人们的心不再感到孤单？

佛曰：每一颗心生来就是孤单而残缺的，多数人带着这种残缺度过一生，只因与能使它圆满的另一半相遇时，不是疏忽错过就是已失去拥有它的资格。

我问佛：如果遇到可以爱的人，却又怕不能把握该如何？

佛曰：留人间多少爱，迎浮世千重变。和有情人做快乐事，别问是劫是缘。

我始终记得那句，"留人间多少爱，迎浮世千重变"。亦如，我一直记得诀别时仁增旺姆在我眼中渐渐消逝的容颜。那么多年过去了，我坐在布达拉宫的日光殿，一口一口品尝杯中美酒，美酒甘甜芬芳，仿佛残留着她离去时的气息。

　　我最后一次去见她，锦衣夜行，我穿着华美飘逸的服饰，翩翩如少年郎。我听传言说，有一位姑娘日思夜想她在远方的情郎，碍于世俗不得相见，相思成疾，病卧于榻，终日泪水涟涟……我揪心得夜不能寐，将那姑娘想象成她，连夜下山入城。

　　我请求曲吉应允的"一日的自由"并未兑现，我一直在想，该如何珍惜这来之不易的一日，带她跋涉千山万水，流浪天涯。然而，未及实现，她病倒了。

　　我见到病中的她，柔美楚楚。四目相对，相思之意蔓延，泪水自眼角缓缓滑落，我伸出手，湿热有别山雨欲来的风霜。我坐在床边，将她抱在怀里。我对她说："在一个遥远的地方，有一位好姑娘，我冒风雪而来，只为与她相见。"

　　她的泪珠一颗一颗滑落，嘴角弯起，笑靥如花。我抱起她，来不及与她的家人照面，用长长的风袍裹住纤细柔软的身体，用自己的身躯温暖她。

　　我带她看夜明，看今朝。我们一起看风雪里飘摇的琉璃灯，看微弱的火光照亮东方第一缕晨曦。

　　天亮了。

　　她微微笑起来，唱起甜美情深的歌谣：

　　我们永远在一起，

亲亲爱爱地相依。
要像洁白的哈达，
经纬密织不离。

不离。永不离。

有人说，少年时代爱太过盛，将来迟早要失了爱人的心。我想，说这话的人大抵没有真正品尝过爱的滋味，爱若不盛，又如何延续生命最深的记忆。爱一个人，是自己的事，与旁人无关。所以，无论我爱谁，无论谁爱我，我都欣然付出与接受。仁增旺姆如是，日后那些相爱的女子亦如是。

措那宗最后一个寒冷的冬天就要过去了，春暖花开的季节指日可待。我离尘世有多近，便离它有多远。我怀抱心爱的恋人，与她有说不尽的海誓山盟，她静静地依偎在我的怀里，看天空纷飞的雪花，看冰封宁静的湖面，看日出东升慢慢还原大地醒来的色泽，美如初。

时间一点一点过去，我们谁都不愿起身离开。相遇在此，相离亦在此，无论记忆是美是痛，总归难忘记。我没有做好离开爱人的准备，冥冥之中的召唤却牵引着我，不由自主再一次起程踏上朝圣的路。怀里的爱人也许感觉到了，抬起如烟如雾的眼眸，静静地凝视着我。

我说："不知为何，我的心总是惴惴不安，过去是为你，现在是为我们。"我想了想，又说："我一直害怕离开的人是你，现在换我患得患失了。"

她问："你是要离开了吗？"

我摇了摇头说："不，我们说好要亲爱相依，永不分离。"

这个冬季很快就过去了，我的预感也很快灵验。曲吉师父告诉我，我将起程前往日出东方的拉萨城，与至高无上的第巴桑结嘉措见面。

这一年，我十五岁，十五岁的人生简单苍白，隐秘快乐的初恋是岁月唯一恩赐的殊色，任凭我在白净的绢布上意兴着墨。只可惜，它快要接近尾声了。

我想将这块带着我们珍贵记忆的画绢赠给仁增旺姆，以此为记，终有一天我会回来。如同我们的初见，相遇，相恋，她站在彼岸，一眼万年。

茶蘼花，开到茶蘼花事了，是这样浪漫至死的花，亦如我们的情事。"茶蘼不争春，寂寞开最晚。"花开最艳，也最寂寞，预示着爱的分离。

这样清高殊艳的花，独自品尝持久的寂寞，无论繁花如何喧闹，她只静静花开花落，不惊扰了谁，也不妨碍了谁。百花争春之时，她独立一隅，待到百花凋谢，她却独冠群芳，开得最热烈，也最绝望。

她的情有多深，绝望就有多深。反之，亦然。

我不想我爱的人如韶华盛极的荼蘼花，无论她盛开的时候多么美。我违背佛祖允诺一个也许会后悔一生的誓言，我说："请你等我，一定要等我回来。"

美人迟暮，最怕一个"等"字。彼时的仁增旺姆是一朵青春正盛的花，任谁采撷观赏我都不肯。于是我用私心编造最情真的誓言，除了我，你不会等任何一个男子，不会再与他们相恋。

而她，真的做到了。

但曾相见便相知，
相见何如不见时。
安得与君相决绝，
免教生死作相思。

夏 ·

不为修来生，
只为途中与你相见。

第三场

长虹山
·宿命·

这一刻，千山万水，我独坐高台之上。

此时，此地，我是罗桑仁钦·仓央嘉措。

云上是寂寞的山峦

· 浪卡子 ·

寂寞的日子，我总是想起家乡一些朴素生动的歌谣，回味往昔的岁月。云上是寂寞的山峦，白云缥缈中的长虹山，它睡在了我的梦里。

我恍然见佛，又视而不见。闭目念佛，佛不在心中。佛曰：一念无明。无明为愚昧，我心智愚昧，许是因为执念深重。可我执着的是什么，路远情长，山巅的皑皑白雪，日光穿透树叶的光影，清湖深处的莲花，我的家。

浪卡子，藏语意为"白色鼻尖"，坐落于羊卓雍错的西岸，被称作"歌舞之乡"。这里曾是五世达赖舅父的庄园，五世达赖曾多次在此讲经传法。

我与护送我前往拉萨城的一行人在浪卡子安顿下来。一路上，蓝天白云，斜阳冉冉，风尘万里。雄鹰翱翔在天际，碧绿的草原与晴空相接，一望无垠。成群的牛羊悠闲地吃着野草，更远的前方，青山依旧壮丽。在那高高的山峦之上，隐约可见随风飞舞的经幡，高堂庙宇掩映在云峰之中，模糊了视线。

雪山的白、湖水的蓝、草原的青……在偏远静穆之地，有一群人厮守着那片神秘幽芳的净土，他们生于斯，长于斯，终老于斯。便是在那里，我再一次听到了五世达赖罗桑嘉措的传说。

每一个转世灵童诞生时皆出现不凡的天象，尊者如是，我亦如是。虹光、花朵、天空……这些带有生命意味的自然之物，呈现出隐晦而非同寻常的喻示，以此作为一个非凡人物降临世间的征兆。

我在巴桑寺学经时，读过罗桑嘉措的传记《云裳》。"云裳"之意，即是不加任何掩饰展现一生的真实情形。他的用词典雅华丽，引古论今，我记得那年初学《诗镜》，缘何我喜爱，大概也是因了他。

身在洁白莲花的蕊心，
妙音天女妩媚夺人魂。
弹奏多弦吉祥曲悠扬，
向您致敬如意心头春。

这是尊者赞美妙音天女的诗歌，她翩翩若仙，美妙绝伦。她确是天之骄女，安坐莲花之上，如莲花般清逸曼妙。

我因喜爱莲花，愿意亲近与莲花相关的传说。妙音天女之所以引起我的兴趣，源于尊者的一首诗，也源于她身在洁白莲花中的佼佼姿态，确如天人一般。我在布达拉宫时见过妙音天女的法相，她怀抱一把凤头琴，一身天女装束，交错洁白的双足，盘腿安坐于莲花月轮之上。她的脸，如十二岁女童般鲜艳纯真，仿若被月光融化了的白雪，透着洁白的光泽。

我爱她的美，痴痴驻足凝望。她是所有天女中最美的一位，拥有永远不会衰老的容颜。她是艺术与智慧的化身，浪漫如红尘情爱，唯美如镜花水月。然而，如此智慧美丽的天神，修持其法门的人却不多。

彼时学习《大日经》，我问经师："缘何修持妙音天女法门的人那么少呢？"

经师答："妙音天女虽赐予艺术的天赋和语言的智慧，却不利于财富的积累。即便有人修持妙音天女的法门，往往也会事先皈依财续母，弥补这个缺憾。"

有人问我："你是愿意做妙音天女的弟子，还是皈依财续母？"

我答："当然是妙音天女的弟子。纵使财缘再深又如何，那并非我想要的。而做妙音天女的弟子，既不会伤害世间任何女子的感情，也不会欺骗自己的心。"

那人笑，认为我天真不谙世事。我却知，这天地间唯一懂我、护我的，便是这掌管艺术与智慧的妙音天女。即使她被认为美而不足，即使一生注定与贫穷苦厄为伴，又如何。

·转世灵童·

佛说，我们的佛性到底存在于何处？它存在于如天空般的自性之中，全然地开放、自由和浩瀚无边。

我得知灵童转世的身份，正是前往拉萨城的途中。当我离开生活了十多年的措那宗，离开我深爱的恋人，当那个在心中埋藏十多年的秘密即将大白于天下时，我沉默了。

灵童，一种如日之初升般耀眼神圣的象征，他的出世，带着神秘敬畏的色彩，神迹显现，诸神为他赞颂，赋予无上荣光。

我们的存在就像秋天的云一样虚幻短暂，
看着众生的生死，
就像看着舞步的变换。

生命如空中的闪电，
像山涧冲泻而下的流水，

奔腾不已。

每个人的一生就如不停旋转的陀螺，起程，旋转，再旋转……永远不会停歇。他的起程只有一次，按照既定的轨道走向命运的终结。虽然步伐不可更改，心是自由的，他可以想象自己是翱翔天际的飞鸟，水中欢游的鱼儿，雪域奔跑的麋鹿。他可以想象成任何形态，天空的云、水中的月、花瓣上的露珠……一切的一切。天马行空，他可以想象与未来的爱人，出双入对，花间漫步。

我是五世达赖的转世灵童。

我想起了阿爸欣喜不舍的眼神，想起了阿妈泪流满面的脸，想起了莲华生的梦……也想起了，遥远的恋人仁增旺姆。我知道，再也回不到过去了。

"我们只是一个旅者，短暂地寄居在这个肉身。"

我的心没有悲切，也没有欢喜，仿佛一切早已预料，出生的不凡即是出生的定局。但是，我不能再将它当作童年时的一场梦，梦里有爱人，有传奇的经历。如果一生注定颠沛路途，远离故土，我情愿只是一个云游四方的浪子，倦了或者累了，还有安栖的田园归隐。

如果上师是你的依怙，
你将到达任何你想要到达之处，
听瑞的人们啊，
对上师生起虔敬心，

作为踏上道途的盘缠。

是年，我以转世灵童的身份会见各大寺院的住持与高僧，他们敬献哈达于我。彩色哈达，颜色分为蓝、白、黄、绿、红，蓝色寓意蓝天，白色寓意白云，黄色寓意大地，绿色为江河水，红色象征空间护法神。五彩哈达被视作藏族最尊贵的礼物。我到达浪卡子时，收到的便是五彩哈达。

我十五岁时，遇到人生中的两件大事：第一件是结识心爱的女子仁增旺姆，第二件便是知晓自己是五世达赖的转世灵童。

我向敬献哈达的藏民回赠哈达，对他们摩顶赐福。我第一次伸出苍白稚嫩的手去触摸一个人的头顶，那种感觉，犹如涓涓细流涌入四肢百骸，心中充满安宁与温暖。尽管经师嘱咐过我，如何做一位仁慈得体的上师，身临其境之时，我的心中却生出退却甚至抗拒的情绪。

我不是佛，我亦不想成佛。这种信念，自我离家前往措那宗学经时便一直强烈地存在。直至牵起心爱之人的手，脑海里闪过"佛家之人不应涉足红尘情爱"的告诫……那一刻，我深深地厌恶自己被拣选，成为一名佛家弟子。

此时此刻，触摸受戒之人的头顶，阳光穿过指缝透出温暖的光，我的心中竟然生出久违的安宁，仿佛回到幼年常去的山巅，与云鹤做伴，俯视世间众生。我想某一刻，也许莲华生住进了我的心里，冥冥之中牵引我去做想做的事，还当还的情。

我的前世亏欠了谁，不是佛，是众生。

·六世达赖·

燃灯节，为纪念格鲁派创始人宗喀巴大师的逝世而举行的盛大节日。每年的藏历十月二十五日，格鲁派教众在寺庙内外的神坛上，在家中的经堂里，点起酥油灯，昼夜不息，诵经祈愿。

这年为藏历火牛年（1697 年），我被正式公开五世达赖转世灵童的身份。此前历时十五年之久，即从出生伊始至如今长成朗朗少年的十五年间，我的身份一直秘而不宣。而比我更重大的秘闻，是存活在西藏乃至更远地域人民心中的伟大活佛五世达赖罗桑嘉措已故的消息。在我尚未出生时，他已经离世了。他的离世致使第巴桑结嘉措找到身为转世灵童的我，带来我曲折郁郁的一生。

我从未离弃信仰我的人，
或甚至不信我的人，
虽然他们看不见我，
我的孩子们，将会永远永远受到我慈悲心的护卫。

藏历十月二十五日，燃灯节这天，我被迎请登临无畏雄狮宝座。我的活佛身份正式在色拉寺与哲蚌寺两大寺院公布。五世达赖已于水狗年圆寂，而我，被确认为五世达赖的转世灵童，六世达赖喇嘛——罗桑仁钦·仓央嘉措。

这一年，风平浪静，天空深沉如海，大海稀声，我离山海还有千里之远。我身在菩提，心如止水，受众人敬拜。"梵音海"是我的法名，"梵音"，佛之音，具有正直、和雅、清澈、清满、周遍远闻五种清净相。"梵音海"，如大海般广阔辽远的佛音。

仓央嘉措，我喜欢这个名字，如海一般清静寂远。每当念起这个名字，我都会感到莫名地心安，仿佛他并非我，而是一个与我感情甚笃的人。

为我亲授"沙弥戒"的是五世班禅罗桑益希，他是格鲁派中与五世达赖并称的最德高望重的领袖。桑结嘉措迎请他来浪卡子为我剃度出家。我初次听"仓央嘉措"这个名字，正是从他口中念出。

我初见五世班禅，由他授"沙弥戒"。沙弥戒，藏语称"格慈"，汉语译为"求寂者"，受此戒表示愿意接受修持，过寺院生活。

"不杀生、不偷盗、不邪淫、不妄语、不饮酒……"五世班禅念一句，我跟着念一句。

原本，沙弥戒当在灵童七岁时授予，而我受沙弥戒时已经十五岁了。十五年看似平凡普通的人生，冥冥中早已做好安排。我像是一颗跳不出布局变幻的棋子，黑或者白，皆被牢牢掌控在别人的手中。

我与五世班禅的渊源，起始于浪卡子的受戒。十五岁的我青春正盛，而五世班禅已步入中年，但这不妨碍我们彼此相知。五世班禅如我的父辈与师长般殷切地关怀我，教导我。后来，他成为我的老师，与我谈经论法，参悟人生。相比桑结嘉措，我更愿亲近相距甚远的五世班禅，每当与他通信，便隐隐感到当年桑结嘉措与如师如父的五世达赖，也是如此亲厚无间。

彼时登临大典，我与班禅互赠礼物，哈达、金塔、法衣、佛像、念珠、经书……在一片诵经声中，完成最后的仪式。翌日，我们起程，离开浪卡子前往拉萨。我知道，拉萨将有一项更重大的仪式等着我，而注定牵扯一生的那个人，也将会见到。

· 仓央嘉措 ·

拉萨。

每一个藏民的心中都有一座恢宏的拉萨城，它是日出之城，是破晓迷雾之城，是如雪莲般圣洁之城。我幼时遥想它的模样，站在东山顶，远望太阳升起的地方，晨起的飞鸟从我眼前掠过，翩跹的羽翼遮蔽耀眼的日光，迷雾渐渐扩散，我渐渐想象拉萨如同太阳的轮廓。

它始终在日光的边缘，迷雾的深处。

天空之蓝，蓝得没有尽头。白云如江浪，横空挥洒，非常壮丽。孤鸟飞翔，去往一个不知名的海之岛屿，那里有它的爱人和族群。日光夕照，斜阳绘制最美的山河，所有的景色笼罩其间，如梦亦如雾。清风徐徐拂动彩色的经幡，我不禁想起了五彩哈达。

日落西山的另一边，紫色的晚霞无声无息地涌动，映上山峰鲜明的轮廓，映得山腰绵延起伏的碧绿琉璃熠熠生辉，如此壮美神圣，与天相近。回首来时路，这真是一场漫长如年的路途，仿佛一生就这样走尽了。

暮色缓缓降临，光与影开始交错，若明若暗。

我的前方，一行仪仗队缓缓而来，影影绰绰，层层叠叠。那领路之人，穿着尊贵华美的吉服，头戴象征身份与威严的冠帽，身形威武挺拔。他，就是五世达赖亲封的第巴，桑结嘉措。他披着薄暮荣光，余晖在坚毅如石的脸庞洒下一层金色的光辉，宛如神祇。反倒是我，一身袈裟迎风而舞，如初入尘世的少年郎。

我们遥遥相对。他仰起头，勒马止步不前。长长的仪仗在他身后绵延万里，他们皆穿着庄重统一的服饰，双手合十，闭目默念。他们的眼中没有我，或者说，他们的心中有我，透过我看到佛的所在……我笑了，笑容宁静祥和，没有人看出我的忧伤，但是，所有人都看出了我的寂寞。

桑结嘉措率先下马，面向我，日出东方的高台，深深膜拜。接着，成千上万的僧侣诵经，朝我顶礼膜拜，一声又一声，煊赫犹如日月星辰。

最美的山河在我的脚下，云彩散尽，深邃的天空透出隐约的苍茫。大海，海之音，无边无际，我听到遥远的赞颂，西北、西南、东方的海岸……跻身于任何一个神圣的地域，心念如来。

"六世达赖喇嘛——罗桑仁钦·仓央嘉措。"

我面向东方，轻轻张开双臂，晚风扑面而来，细碎星辰落入眼中，化作晶莹的泪。我感觉自己将要飞起来，飞往一片神秘的地域，它是日出东方之城，是人们心中的圣地，拉萨。

> 世界无边尘扰扰，
> 众生无数业茫茫，
> 爱河无底浪滔滔，
> 是故我名无尽意。

某一刻，我爱上了一种花，一片天地，一些人。我曾经赋予

生活明丽如蓝天的想象，只可惜，是想象。有一人，她不似世间
众生向我俯首称臣。她明知我的身份，不嫌弃、不退拒，如果时
光的枯守只是为了将来的某一日遇见她，那么，便在众人之上等
待她。

我第一次亲见圣城拉萨，心中涌现的惊动无可名状。再也没
有哪一座城池如它这般辉煌壮美，也再也没有哪一片天空如拉萨
城的艳阳天，高远明丽。

日光倾城，日光倾城。

光照是诀别的雪，映入我的眼眸，透出神山静谧的姿态。而
在那犹如神山般的红山之上，一座古老巍峨的宫殿缓缓升起，若
拉萨是日出之城，它便是照耀城池的红日——布达拉宫。

我被一行人簇拥着拾级而上，登上布达拉宫。蓝天是它的背
景，白云是它的点缀，凡人的眼中没有尘世与大地，只有一望无
垠的天，与洁白如雪的云。它是冬宫，但在我的眼里，四季温暖
如春。

春晓之花，开在柔光普照的天地，漫山遍野，艳丽如霞。

藏历火牛年十月二十五日，我于布达拉宫举行盛大的活佛坐
床典礼。我穿着绣以吉祥花纹的金色法衣，头戴象征格鲁派黄教
至高无上尊荣的僧帽，身披洁白哈达，端坐于日光殿。

这一刻，千山万水，我独坐高台之上，耳边是声势浩瀚的诵经声，身前是俯身敬拜我的子民。

此时，此地，于日光之城，于红日神山，于观世音的圣殿，我是罗桑仁钦·仓央嘉措。

仓央嘉措。

此有故彼有，
此生故彼生。
此无故彼无，
此灭故彼灭。

第四场

少年郎
· 倾
城 ·

我在人世之前，心随人世而去。
我记得佛的话语，却忘记相问的初衷。

念世间最美的情郎

· 无明 ·

多少人，执着红尘念念如斯，多少人，相逢一笑深情湮没人潮。"世间最美的情郎"，每当我听到这个称呼，感觉他们在说的不是住在布达拉宫至高无上的佛爷，而是另一个人。

白驹过隙，转眼我已十八岁。十八岁的我是一个成年男子，短短的几年，由少年长成青年，再由青年渐渐老去……我不为青春正盛的年华感到高兴，亦如，我不会为未来不可预知的结局感到忧虑。

日复一日，年复一年，我一直这样安安静静地过。偌大的布达拉宫空旷冷清，宫人们见到我，卑微地匍匐在地，唯恐我看到他们慌乱的眼神、瑟瑟发抖的嘴唇。他们皆认为，直视尊

者的面容是大不敬，是死罪，是以见到我非常惶恐，即使我非
常年轻。

十八岁，灿如朝阳的年纪，我是陌上盛开的一朵繁花，手握
竹笔，轻轻挥洒清雅如兰的诗。若说我最深的厌倦，便是布达拉
宫终年不变的冷寂。当初，我眼观星辰白雪，以为获得一个盛世，
未料，一切相距甚远。它是太平盛世，但过于太平。

桑结嘉措从不对我说起外界的兴衰变故，在他的眼里，我不
过是一个不谙世事的少年。他与我谈及最多的便是佛经，时间久
了，索然寡味，我也无话可说。他认为我资历尚浅，便要求经师
们加重我的课业，对我的要求也更加严厉。

有时，我禁不住贪看世外美景。一个人在高高的宫殿拘惯
了，再华美的雕梁与陈设都会看倦。它们是冷的，住不进我的
心里。我喜欢清晨的日光，喜欢黑夜的繁星，喜欢蓝天白云与
潺潺流水……我无数次幻想自己是一只蝶，逍遥红尘世外，在
百花中飞舞盘旋，若累了，我可以住进她们的心间，倾听她们
的心声。

梁山伯与祝英台，化蝶的传说如此凄美不朽，流芳百世。汉
人的爱情总是可歌可泣，荡气回肠，让人心生艳羡。许多年后，
我看着门前潺潺而过的流水，想象着遥远的天边，一对热恋的年
轻男女，双双殉情而死，羽化成蝶，永不分离，心中生出柔软的
情思。

佛祖问我："你觉悟了吗？"

每当回想起那缠绵凄艳的一幕，我沉默地摇了摇头，再将视线投入深不可测的虚空。

佛祖叹息："痴儿，痴儿……"

林间松韵，

石上泉声，

静里听来，

识天地自然之鸣佩。

草际烟光，

水心云影，

闲中观去，

见乾坤最上文章。

在我的授业经师中，有地位尊崇的五世班禅罗桑益希、第巴桑结嘉措，还有甘丹赤巴卓尼·次诚塔杰、阿里随驾格列嘉措等黄教大师，他们都是德高望重的上师。起初，我非常恭谨和虔诚地听取他们的讲授，时间久了，少年人的心性难免不定，我开始坐立不安，有时候听得不胜其烦，便起身来回踱步，借此驱赶心中陡然升起的烦躁。每当这时候，授课的经师便正襟危坐，双手合十规劝我，要我坐回原位，听他们的讲解。

他们的口中，越来越多地提到桑结嘉措，他们恭谨地称呼他，第巴大人。

　　对于桑结嘉措，我慢慢回忆，我是何时开始厌恶他并与他生分的……很久之前，我也曾与他相处亲密如父子。父子，这是一个多么遥远的奢望，我对他的感情千头万绪，一言难尽。

　　早在我们相识之始，通过信件的传递，我与他开始生命之初的对话。那时候，我曾天真地问："为什么千万人之中，您选择了我？我何时才能见到您？"

　　他回答："不是我选择了你，而是佛选择了你。至于何时相见，待到来年，春暖花开时。"

　　我与他相见是在寒冷的清秋，他却说："拉萨城的每一天都是温暖的春，在那里，你我常常见面。"

　　我喜欢他称呼"你"，如长者关心晚辈，又如父亲的问候。他很少称呼我的名字，无论我是阿旺嘉措，还是仓央嘉措。

　　是何时开始变了呢？自从我来到拉萨，住进布达拉宫，一切就变了。他不再是那个亲密问询我衣食住行的"神秘人"，不再是夜深人静时我凝望窗外一抹心心念念的所在。他是一个高贵的身份，一个权柄的象征——第巴大人，西藏的"摄政王"。

　　我不再是一个人，我有我的身份，与站立的位置。我与世间的每一个人都存在距离，桑结嘉措如是，曲吉如是，我的侍从如是。只有一个人，在我孤寂的时候，用温暖如阳的手掌宽慰我；在我怯弱的时候，用慈悲如佛的教诲勉励我；在我犯错的时候，用深沉如海的眼眸包容我……他，就是五世班禅罗桑益希。

我问班禅："何谓人世因果？"

班禅答："佛曰，人世因果循环，凡事有因，必有果。因果循环，只在人的一念之间。"

我又问："佛说，一念无明。那么'明'，究竟是什么？"

班禅答："'明'是心中所想，'无明'是不知意识的虚幻。"

一念无明。无始无明。

· 世情 ·

"青青翠竹，尽是法身。郁郁黄花，无非般若。"

青青翠绿的竹色，都是佛陀清净法身的显化。

郁郁繁茂的黄花，都是佛陀般若智慧的流布。

这是一个华枝春满的世界，当然也会阴雨绵绵。我们的人生，执着与放下，都是自己的念因。你不必因为天空下雨或者放晴而心怀悲伤与恋慕，你置身红尘，当明了红尘的态势，参悟世情。如若你在"情"字一事上输了，你要知道，你不是输给了某个人，

不是输给时间，也不是输给自己摇摆不定的信仰……你输给了，
世情。

雪顿节，每年藏历的六月末至七月初，是西藏最为传统与盛
大的节日之一。

雪顿节起源于公元 11 世纪中叶，那时只是一种纯宗教性质
的节日。民间相传，佛教的戒律有三百多条，最忌讳的便是"杀
生"。夏季草木滋长，百虫惊蛰，僧人外出难免踩杀生命，有违
"不杀生"的戒律。于是，格鲁派规定，每年藏历六月十五日至
三十日为禁期，全藏大小寺院的僧徒不准外出活动，在寺庙里行
三事，即长净、夏安居直到解制。待到解禁之日，闭关的僧人们
纷纷出寺下山，这时，农牧民热情地献出准备好的酸奶子，为
他们举行郊游野宴，在欢庆盛典上表演藏戏。这便是雪顿节的
由来。

原先，雪顿节以哲蚌寺为节日中心，故而称为"哲蚌雪顿节"。
后来，五世达赖从哲蚌寺移居布达拉宫，每年的雪顿节先是在哲
蚌寺举行藏戏表演，第二日在布达拉宫举行演出。

我成为六世达赖的第一年，在布达拉宫初见雪顿节的盛况。
我端坐在布达拉宫的圣殿，眼前是一群戴着神奇面具、穿着华丽
戏服的舞者，他们在我的面前表演盛大庄严的舞姿。拉萨城之巅
那些可歌可泣的传说，遥远的荒漠流传的生生不息的誓言，将在
这个神圣隆重的节日上演。

　　藏戏作为压轴戏出场，敬献给这座城的王，与此同时，晒佛法会成为藏民的盛会。它是雪顿节最隆重的开场，佛的真容将于这日在信徒面前展现。

　　你无法想象，拉萨城百鸟飞翔的天空下，日光倾城，色彩绚丽的唐卡徐徐展开，漫山遍野的信徒屏住呼吸，等待释迦牟尼佛展露安宁祥和的容颜。天宇苍穹，待到他面向世人，缓缓显露慈悲如莲花的面容时，来自四面八方的信徒虔敬地俯身朝拜，默念诵经的真言。

　　拉萨城的天空，永远高远洁净，东方，雪白的仙鹤在浩瀚广袤的深空飞翔。日出的尽头是一片蔚蓝的海，身披袈裟的僧人闭目默念，海浪随着低沉的号角声响彻山谷大地。

　　我在人世之前，心随人世而去。

　　我与佛相对，直面他无言的叩问。他悲悯如莲花的容颜仿佛无声的叹息，令我一向庄严的面容瞬间失色。

　　我记得佛的话语，却忘记相问的初衷。我在人海中寻觅一个日月永不相见的起源，如同，我背弃凡尘之后又惦念追随。

　　当夜幕缓缓降临，朝日轮换新月，当那神秘幽静的面具在火光的映照下呈现出与佛不一样的温柔时，我错觉般地以为，我的这一生就要随之而去了。

·神舞·

先秦《诗经》云："简兮简兮，方将万舞。日之方中，在前上
处。硕人俣俣，公庭万舞。有力如虎，执辔如组。左手执龠，右
手秉翟。赫如渥赭，公言锡爵。山有榛，隰有苓。云谁之思？西
方美人。彼美人兮，西方之人兮。"

在我三年近乎幽闭的生活中，除了每日必不可少的学经、辩
经，唯一与风花雪月接近的二事便是写诗与起舞了。我身故之后
百年，为世人纪念传诵，皆是因为年少时写下的情诗。甚少人知
道，除了那些缠绵悱恻的情诗，我还有一个兴趣，便是古老的
神舞。

后来，我耗尽半生时间研究各族各派最原始的舞蹈，尝试挖
掘相关的传说。羌族部落的神话传说里，远古的天神木比塔用九
朵云创造了天，用蟾蜍的外皮创造了地。蟾蜍皮此起彼伏，他用
木棒捶砍，捶平了的地方是平地，砍下去的是山沟，没有触及的
地方便成为高山。

早在家乡门隅，我时常见到热情朴素的族人载歌载舞，他
们围成一圈，连臂踏歌，歌声嘹亮炽烈，表达对生命的热爱
与丰收的喜悦。少不更事的我，从阿妈的怀抱里挣脱下来，颤
颤悠悠地来到和歌起舞的人群中。篝火的亮光比天上的星月还

要耀眼明亮，我感受到人情的热烈，伸出双臂随着人潮转圈、跳跃。

那真是一段温馨难忘的时光。如今回想起来，那些曾经一起欢声笑语的故人或许已经不在了，令我印象深刻的是他们纵情的歌声与快乐的笑容。此时此刻，触景生情，忆起了幼年的点点滴滴，那些不能忘也不敢忘的舞姿。

十多年的求佛生涯，于漫漫光阴之中深感路途的遥远，于高山流水繁花沧浪的浮生里品尝人世的寂寞。我不甘，不明，不接受，才有了日后的背叛，与背叛之后的流放。

烟云浮世。

天涯路远。

青雨长虹。

流年若梦。

是年。望果节。

望果节在秋收前择日举行，是欢庆丰收的节日。每年农时收获之前，由僧人充当祭祀队伍的先导，高举幡旗，手握缠绕哈达的木棒"达达"与羊右腿，率领各个村落手持青稞麦穗的男女，排成长长的队伍，围绕农田地界进行"收敛地气、祈求丰收"的法事活动。在这浩荡的游行过程中，人们不停地高呼赞美神灵和祈求丰收的口号，直至回到村中，将麦穗和小旗插在谷仓与神龛上。

望果节也要表演舞蹈，用以"娱神"。我印象最深刻的是"大鼓舞"。伴随着铿锵有力的鼓声，一位戴着绘有星辰的藏戏面具、身着五彩藏袍的表演者首先登场，他肩挎铜铃与宝剑，手握被称为"达达"的神杖，踏着鼓乐广袖起舞。

舞毕，这位最先起舞的舞者开始挥动手中的神杖，承担起指挥娱神舞蹈的职责。在他的指挥之下，早已待命即舞的八名鼓手，大步流星地向场地中央疾鼓而来。他们的舞姿刚健有力，展现出力量的美与盛。他们身披五彩短披肩，脚蹬红黑相间的高靿藏靴，腰间横挎绘有五彩花纹的大鼓，双手各持马蹄槌，一边击鼓一边极具律动地踏步、跳跃。他们忽而组成圆圈旋转飞舞，忽而排成两队穿梭驰骋，"踏、跳、转"的舞风，高山险路形成的含胸屈膝姿态，使得大鼓舞呈现出千变万化的神舞风貌。

我在修习的生涯中，学习过格鲁舞。"一楞金刚""三楞金刚""五楞金刚"，步法、舞姿同样兼具力量与美，又因了佛法修为的渗入，格鲁舞更具备浩瀚深远的禅味。金刚之舞，蕴含格鲁派源远流长的历史和精髓，那只可意会不可言传的境界，只有参悟至深之人才能领悟，也因此，相比民间舞蹈生出超越尘世的境界。

后来，格鲁舞慢慢失了传人，以致湮灭。我身故之后，有人回忆往昔我修习格鲁舞的情形，记下曾经的嘱咐："日后若能将格鲁的神舞重建起来就好了。"

　　只可惜，事与愿违，百年的光阴，再也没有传承格鲁舞的人了。而彼时，观看望果节的大鼓舞，看到年轻貌美的姑娘扮作"拉姆"（仙女），不禁想起初恋的爱人，她在遥远的地方，过得可好，可曾想起我。

　　漫漫人生路，我随时光且歌且舞。我想起了雪顿节的夜晚，月光洒在面具上的曼妙容颜。那一双情意绵绵的眼，因了月光的映衬更显朦胧妩媚。我想，那表演的舞者定然是一个美丽不凡的姑娘。

　　藏戏流传的伊始，相传有七位貌若天仙的姑娘，她们婀娜出尘的舞姿、空灵优美的歌声，令世人惊叹不已。作为纪念，藏戏被称作"阿吉拉姆"，意为"吉祥仙女"。在我的眼里，"吉祥仙女"远远不及"月光之舞"生动灵秀，仿若开在空谷的幽兰，散发着纯澈幽静的光。

　　她是月下起舞的嫦娥仙子，天生多情，却寂寞不已。

·情郎·

"十五望日的月亮，是那样浑圆皎洁。"

我又一次错觉般地以为，那是我的月亮。她不在水中，不在梦里，而在我的眼前，仿佛触手可及。我有幸与她凝眸相望，一生的寂寞便在她的眼波中雾化了。

自那之后，我不再拘禁于清冷幽静的苦修生活，脱下僧衣，换上民间男子穿着的长袍，化身风流倜傥的翩翩公子，饮酒、作诗、欢歌、起舞。这是我的生命，烟云浮世仅有的快乐。

有人说我蓄起了长发，穿着镶嵌珍珠的袍服，十指戴上价值连城的宝石戒指。他们说这话，也许有同情，也许有讥讽，认为我是一个只得从俗世寻欢中找到安慰的无能之人。他们不知道，我饮酒、寻欢，将自己打扮成俗世之人，只有这样，才不会感到形单影只。

很快，拉萨城迎来了第二个风雪之年。我萧瑟枯寂的十八岁人生，是一座固守着清规与戒律的宫。正是这一年的冬天，轻柔的夜风徐徐打开了禁闭的门，月光温柔地照进来，黑暗变成白昼，地狱宛若天堂。

布达拉宫迎来了住进深处的主人，美丽的琼结姑娘，达娃卓玛。

请不要再说琼结琼结，

它让我想起达娃卓玛。

达娃卓玛，我心中的恋人，

难忘你仙女般的姿容，

更难忘你迷人心魄的眼睛。

月光旖旎娇柔，呈现一片黄昏之态。细水长流，缠绵荡漾。月光是海洋涌上心间的情潮，爱她，与生命永在。我曾问天地，我是凡人的月亮，谁又将是我的月亮？曾经的仁增旺姆，今时的达娃卓玛……

深邃的夜空，几片云悠悠飘过。朦胧的月色里，白色的花树散发着恬静的光，如谁的眼眸，顾盼生姿。有女子在月光之下起舞，翩若惊鸿，婉若游龙。远处的山峦绵延起伏，花树的影子微微摇摆，变幻莫测。

在东边，一个美丽的地方，一个美丽的女子，在美丽的夜晚舞动着洁白轻盈的身姿。缥缈的云影缓缓西移，消融了陷落阴影深处的山峦。光影流泻于静湖，几只白如昭雪的鸟儿从湖面掠过，每只鸟儿的身后，细纹清浅荡漾，那是宁静的月光的波纹。

我站立山巅，身后是宛若雄狮沉睡的布达拉宫，皑皑白雪漫山遍野，勾勒出天空与大地最美的相连。我恍若听见星辰缓缓坠落的声音，它们落于树梢，亲吻一个人的眼眸，那眼眸皎洁如春雪，曼妙如飞花，别有一番惊心动魄之美。

"有美人兮，在彼一方。"

这一刻，我是世间最美的情郎，宕桑旺波。

住进布达拉宫，
我是雪域最大的王。
流浪在拉萨街头，
我是世间最美的情郎。

第五场

彼岸花

· 誓 言 ·

我是天生的情痴，一日日不死心，

心中的光明灭了，仍要去寻黑暗的火种。

倘若永夜不变，我也要拉住一个人的手，与她共度。

不负如来不负卿

·达娃卓玛·

前世与今生的距离有多远，能否用生命的轮回丈量。让我告诉你，你的前生是你今生的梦境，而来生，又是往生的梦。梦与梦不会重叠，只此一回。情之所钟之人未必一直念情，他或许大彻大悟修仙入圣，太上忘情。太上忘情并非无情，忘情是寂焉不动情，若遗忘之者，言者所以在意，得意而忘一言。

你知情多美，梦就有多美。往生太残酷，镜花水月终归是夜凉的水。但是来生，天寒地远，未必一偿夙愿。

达娃卓玛，来自琼结的美丽姑娘，传说，她是琼结的仙子。

琼结，这个美丽丰沛的地域，位于藏南谷地，雅鲁藏布江中游的琼结河流域。地势西高东低，西、南、北三面环山，东面为狭窄谷地，宛若巨大的雄鹰，展开华丽丰满的羽翅，面向东方俯身倾斜。

历史上的琼结，曾为吐蕃王朝的都城，即便寥落衰微，依然蛰伏着王的霸气。这片在吐蕃王朝时代赫赫有名的都城，埋葬了第二十九代至第四十代赞普，包括吐蕃王朝伟大的开国者松赞干布。

松赞干布早已远逝，余威犹存。值得后人对琼结肃然起敬的，还因为这里是五世达赖的故居。我的一生中，没有亲历琼结看那依山傍水的景，那淳朴善良的人。相传，五世达赖罗桑嘉措出生在琼结青瓦达孜山下一个名为"琼结雪"的村寨。

琼结，雪，真美的名字……让我想起了琼结的美人。

五世达赖鲜少而珍贵的民间传说中，琼结与达娃卓玛是最广为传知的。后世的人们多数从我流传的情诗里知晓达娃卓玛，也有人从琼结流传出去的只言片语里找到事实的真相，认为达娃卓玛只与五世达赖有过渊源，而于我，她只是存活在我梦中的一个幻影罢了。

这个传说源于五世达赖扩建布达拉宫时，号令从藏区各地征召大量修建布达拉宫的工人，达娃卓玛也在列。修建龙王潭时，聪慧坚忍的达娃卓玛一边做工一边唱道：

我们是琼结雪村人，

是五世达赖家乡人，

是瓦罐里种蒜的人，

是靠手指头找活的人，

是靠天窗晒太阳的人……

"我们来自琼结雪村，我们是您，敬爱的五世达赖的家乡人。我们勤劳智慧，每日辛勤劳作，在瓦罐里种蒜，依靠一双手维持生计。我们别无所求，贫穷不会击垮我们，风雪不会淹没我们，饥饿不会吞噬我们，但是，我们也需要自由，需要太阳……"

五世达赖听到达娃卓玛的歌声，知晓其中深意。他下令释放琼结雪村人，给予丰厚的盘缠让他们返乡。

这个故事，在琼结乃至整个藏区流传甚广，人们追溯蛛丝马迹，意图找出当年的真相。人们更愿意相信，达娃卓玛并非某个偏僻村落的淳朴姑娘，她是琼结的月亮，琼结的仙子，一个男子执笔千年深深倾慕的恋人。

·宕桑旺波·

在我化名宕桑旺波流连红尘夜市之际，一个女子闯入了我的视线。她告诉我，她叫达娃卓玛。

我相信，每一个琼结人的心中都有一个达娃卓玛。琼结的女子更甚。她对我讲起家乡的山水，三面环山，地势西高东低。她说她的家乡曾经是一座王城，建过六座王宫，共有十一位王君埋葬在那里。

她还说……我轻声笑了，她睁着美丽慧黠的眼睛凝视我，略带不满地问："你不相信？我说的可都是真的。"

"是，是。你说的当然都是真的。"我依然微笑看着她。

"那你为什么笑？你分明是在笑我天真……"她轻眨眼眸，如一只纯善无畏的小鹿。

"你又有什么必要对我撒谎呢？"我伸出手指，引领她的视线，"你看，王城皆为山环绕，是为天然的屏障。站在山之巅，俯瞰芸芸众生，黎明的第一缕光照彻天际，你会觉得黑暗过去之后初见的蓝天是如此美，美过青山，美过白雪。你热爱它，它便是你心中的天，你热爱一个地方，它当然就是你的王城……而你爱一个人，他便是你的王。"

我又说道："这座王城，是一位伟大的王建立的，他的野心、理想、梦与爱情在这里如日般升起。他热爱这里，当然也忘不了他的家。他身后埋葬在故乡，那里遗存他的童年，他回去寻找童年的梦……"

"你……你知道我的家乡？"她的眼睛霍然亮了。

我莞尔，轻声念道："琼结之美，美在青山蓝天，美在故城白雪，美在淳朴善良的人民，美在……一个叫达娃卓玛的姑娘。"

昔年听诺桑王子的传说。

很久以前，有南北两个相邻的国家，南国叫日登巴，北国叫额登巴。这两个国家无论疆域还是物产，都相差无几，百姓过着安居乐业的日子。不久之后，南国新国王当政，他是一个昏庸无道的君主，终年不问国事，荒淫暴虐，民不聊生。

眼见国破民散，国王深感形势的危急。有一日他召集大臣，询问国势衰微的原因。有大臣提出北国王子诺桑如何智勇无双，深得民心，也有大臣指出国王当政的失误，招致民心离散，天怒人怨……国王却不以为然。彼时，一位颇为得宠的大臣向国王进言，国运衰微之故是缘于南国的财运神龙迁居至北国的莲花神湖去了。唯一的解决之道在于请修为高深的巫师前去作法，将神龙拘回本国。

国王听了十分高兴，当即派人去请巫师捉龙。巫师名珠那喀曾，据说会施黑巫术。他带领弟子与法器前往北国的莲花神湖，作法拘龙。龙神预知大难临头，向一位名叫邦列金巴的猎人求救，猎人答应了他的请求。

猎人击败巫师之后，龙神为答谢猎人，送给他一件名为"桑木派"的如意之宝。猎人为了知道"桑木派"的作用，便前往住在格乌日楚山洞的隐士打听。在那里，他邂逅了在仙湖沐浴的云卓仙女。

　　猎人利用仙湖圣宝捉住云卓仙女，想娶她为妻，但隐士指出，他不能与仙女成婚。于是，他便将仙女敬献给俊美贤能的诺桑王子。诺桑王子见到仙女真容，倾慕不已，欣然接受。他坐于金墩之上，云卓仙女坐于银墩之上，而他们的媒人，猎人邦列金巴坐于虎皮锦墩之上。举国同庆，庆国富民强，庆龙神庇佑，庆王子得神仙伴侣。这时，天空出现五色祥云，四海境内，隐隐传出凤鸣弦乐，空中落下如雨如霞的花朵。诺桑王子见此情景，欢喜不尽，认为是吉兆，当即封云卓仙女为妃，三千宠爱集一身。

　　诺桑王子自从娶了云卓仙女后，将从前的三千妃嫔抛诸脑后，终日与云卓仙女恩爱缠绵，形影不离。后宫日久生怨，将矛头对准美丽贤惠的云卓仙女。一位名叫顿珠白姆的妃子想出了一个迫害云卓仙女的主意，她请求巫师哈日那波作法，哈日那波是一个心术不正之人，他收受顿珠白姆的贿赂，应允作法。

　　自此，国王噩梦缠身，身体一日比一日孱弱。国王召集众臣询问原因，哈日那波趁机占卜预言，北方荒原住着强壮凶悍的野人部族，他们即将起兵造反。国王信以为真，便询问巫师："当由谁领兵出征？""当然是诺桑王子。"巫师答。于是，国王派诺桑王子领兵出征。

　　诺桑王子与云卓仙女分离在即，他将云卓仙女的珠链交给王后，说："这条珠链好比云卓仙女的翅膀，有了它她就能飞上天。若非危难关头，您千万不要放她回天宫。"王后慎重地收下了珠链。

眼见深爱的恋人即将分离，诺桑王子依依不舍，云卓仙女更是含泪唱道："贤明的王子，亲爱的夫君，我左思右想难于离开你。马驹虽与母马两离分，但远不过隔墙的马厩，小驹与母马还能嘶鸣呼应。从此一别我和你，千里迢迢隔音讯，望不见影来听不见声。看那湖面鸳鸯双双游，形影不离相爱又相亲。看那山岩雄鹰双双立，翱翔蓝天也是影相并。看那树林鸟儿在筑窝，雌雄衔枝前后来帮衬。祈求天界各方的圣主啊，请睁开你们的慧眼吧，怜悯我这个苦命的仙女……"她边唱边哭诉，悲痛欲绝。

歌声似乎预示着日后扑朔迷离痛苦分离的命运。诺桑王子离开不久后，巫师与妃子开始了他们迫害云卓仙女的阴谋。他们向国王进言，打败蛮荒部落只是治好国王心病的第一步，若要真正去除病痛，恢复健康的身体，还需要将云卓仙女的心挖出来祭神，神灵触动，便会保佑国王健康长寿，国家繁荣昌盛。

国王再一次听信谗言，命巫师去捉拿云卓仙女。王后得知隐情，事先告知云卓仙女逃生，将诺桑王子遗留的珠链交还她。云卓仙女只收下一半的珠链，另一半还给了王后，嘱咐道："请您将这半串珠链交给王子，看到它就如看到我本人一样。"说罢，腾空而起，在王城上空久久盘旋，留恋不已。

仙女终归回到她的天上，王子归来，不见了心爱的恋人，痛不欲生。他得知事情真相，怒不可遏，杀了巫师与那调唆贿赂的妃子，独自带着云卓仙女留下的半串珠链踏上寻找她的天宫之路。

"他找到了吗?"

"找到了。"我静静凝视着对面的女子，她的眼中盛放着五彩的烟花，每一朵代表着她对爱情传说的无限神往。

"当月亮从东山升起的时候，诺桑王子历经千辛万苦，终于抵达乾闼婆的天宫。他冲破云卓仙女的父亲马头明王设下的重重障碍，凭借着坚持不懈的信念与对云卓一往情深的爱，击败了对手，击败了天宫的禁令，击败了人心的间隔……从此以后与她幸福地生活在一起。"

这就是故事的结局。

我伸出纯白宽阔的掌心，绵长的纹理如亘古山河，蜿蜒流淌。我看不到生命的尽头，亦如，看不到末日的归处。但是无妨，我伸出手温暖一个人，掌心相贴，就是生命。

· 困境 ·

邂逅达娃卓玛的这一年，清寂惯了的布达拉宫不再平静。人们纷纷传扬，一个名叫宕桑旺波的男子，辗转月夜红尘，来无影去无踪。不知他是哪家的贵族公子，他爱穿绘上云纹星月的衣裳，如世间最美的情郎。

他时常抬头望月，眼神深邃而忧伤，他在思念谁，在为谁忧伤？

月华高洁遥远，他独立中宵，为月而醉。他轻声呢喃，唱出世间最动人的情歌，他问心爱的月中仙子："你是否愿意做我亲密无间的伴侣？"伊言："若非死别，决不生离。"

多年之后，我重往高远的山麓，去寻那缥缈仙境里的天宫，以为有一位"云卓仙女"等着我……然而，她却是天外飞仙里一抹孤独的剪影，独与月成双。

彼时的王城拉萨，一场阴谋缓缓降临。

拉藏汗，仗着祖父先辈辛苦维持的政局，自恃傲人的出身，不将任何人放在眼里。他狼子野心，佛祖面前也青面獠牙，虎视眈眈。

拉藏汗与桑结嘉措的过节，始于他们的父辈，拉藏汗的祖父固始汗与五世达赖之间。拉藏汗的祖父虽表面对五世达赖恭敬顺从，实则想独掌西藏大权。而格鲁派自五世达赖起实现真正的"政教合一"，五世达赖不仅是西藏的宗教领袖，也是政治领袖。固始汗与五世达赖先后身故，分别由其后人掌权。固始汗之子丹增达赖汗势微体弱，不及担任第巴的桑结嘉措。丹增达赖汗病故之后，拉藏汗继任，形势急转直下。

我初次见拉藏汗，是在他继任和硕特部汗王的仪式上。在此之

前，我向来不过问政事，即便成年，于我，于桑结嘉措，谁也没有
迈出携手共事的第一步。桑结嘉措认为我年纪尚轻、资历尚浅，不
足以服众。他希望我是永远生活在措那宗的纯净少年，与他对答经
卷，如孩童面对父亲，如学子面对师父，永远恭敬谦卑。他希望我
被他掌控，循规蹈矩，安分听话，碌碌无为……可惜，我不是。

与他相处的这些年，我无时无刻不在想，他带我来到日出东
方的圣城，带我登上宏伟壮丽的布达拉宫，赐予我无上殊荣……
我是否该感谢他，可是我不能。因为，我是我，一个有血有肉的
人。某种意义而言，他囚禁了我，将我变成他的傀儡。他与拉藏
汗的斗争，我成了无辜的牺牲品。

我坐在布达拉宫山巅，我是世上最快乐的人。
我坐在布达拉宫里面，我是世上最不幸的人。

对我而言，不是爱情选择了我，是我选择了爱情。因为除了
爱情，我一无所有。

· 莲花 ·

我与达娃卓玛在一起的日子，时常生起随风而去的念头。小

时候我常想，我若是天上终年不落的一颗星，定用最美的眼去看世人。而今，我若羽化飞天，不管是星，还是云，都有最美丽的一双眼看着我，我融化在她的眼中，圆了我与她的梦。

我对达娃卓玛说："我多想和你，如那诺桑王子与云卓仙女，上天入地，恩爱永不分离。"

她说："我与你真实相依，就是最美的传说。"

我们是一对彼此相爱的男女，俗世中所有的快乐我们都会品尝，而寒冷与寂寞，相拥之人不再惧怕。

"生命是一束纯净的火焰，我们依靠内心看不见的太阳而生存。"

我的太阳是你，我爱你，与你同在。

我对达娃卓玛说："我想要成为一朵花，被你亲自摘下，凋谢在你的手中。"

她微微一笑，灿若星辰的眼眸凝视着我，唱出世间最动人的情歌："你若是花，便是凡尘最美的莲花……"

你若是花，便是凡尘最美的莲花。

若我是莲花，
遗世而独立，
我是凡尘最美的莲花。

若你是莲花，

当你站在佛祖面前，
你就是我的莲花。

我为莲华生而生，是凡尘最美的莲花。我站起来，摇摇晃晃，对酒当歌。伊人已去，此地空余。

伊说："若非死别，决不生离。"

我临窗而立，皎洁的月亮黯然失色，不复以往的鲜丽。夜雨丰沛温柔，如同情人的呢喃，在我的眼中，唯有一片凄凉。她怜悯地抚摸我的容颜，冰冷、潮湿，我看到许多人的脸，有阿爸，有阿妈，有家乡的孩童与老人，有曲吉，有拉藏汗，有桑结嘉措，有五世班禅，最后凝聚成一个人慈悲宽悯的苍颜，他无声地注视着我。

五世达赖。我的前世。

"你可知我有多不愿成为你，成为任何一个人，哪怕是高高在上的佛爷，我也不愿意……"我渐渐语无伦次，"因为你，我失去了亲人、族人、朋友，失去了所有的快乐与自由……我甚至忘了我是谁，沦为这世间的行尸走肉。我失去了爱人，失去了童年，失去了家，没有人能挽回我的失去，佛也不能……"

我絮絮叨叨地控诉，他悲悯地望着我。他同情我吗？成为另一个他，到头来不如他。

我再一次失去了心爱的恋人。

达娃卓玛，她大概回到了天上，做她的"云卓仙女"去了。又或者，她回到家乡琼结，在一个与世无争的地方，嫁人、生子，平静地过完余生。她一声不响地走了，我们还说好要一起看月亮和烟花。

月亮依旧，烟花落尽。

"孩子，你的一生注定命运多舛。你所有的苦与痛，并非白白承受，这是佛对你的考验。这世间，每一个人都活得不易，无论是渺小的凡人，还是高高在上如你一般，皆有说不尽的苦……时光的轮轴依旧转动不息，它不会因你遭遇的困苦和艰难就此停歇。每个人的一生都是佛缔造的一个境象，譬如亲人、爱人，他们围在你身边，但永远不是你。他们只作为你求佛路途的陪衬，并非固守在你心中的永生。永生，只有一条路，那就是佛的恩典。

"你执着于诺桑王子与云卓仙女的故事，却不知，诺桑王子即为善财，他是释迦牟尼佛百世轮回之前的一次生命，而云卓仙女，是悦意公主。你信奉并且感念的爱情，不过是佛的一次喻示。你看到两个相爱的人历经千辛万苦追求真爱与永远，其实是追求佛法真理的一个过程。你看到的是佛法衍生的境象。"

"痴儿，痴儿……"我仿佛听见佛祖的叹息。

是，我是天生的情痴，一日日不死心，心中的光明灭了，仍要去寻黑暗的火种，点燃永生。

倘若永夜不变，我也要拉住一个人的手，与她共度。

曾虑多情损梵行，
入山又恐别倾城。
世间安得双全法，
不负如来不负卿。

第六场

八廓街·人间·

你的眼中有他，

他却在回眸之间将你印入了心底。

他是你的，仓央嘉措。

我愿为你颠倒红尘

· 暗涌 ·

我在布达拉宫坐床后的第四年，天下动荡不安。

拉藏汗即位后，着手改革，无论军事还是政治，都暴露出惊人的野心。一方面，他进行内部清洗，铲除对立派；另一方面，他积极插手政教事务，妄图取代格鲁派，独掌大权。拉藏汗与桑结嘉措之间的矛盾日益激化。有传言，拉藏汗不仅是与桑结嘉措争天下的政敌，也是昔年争夺恋人的情敌。

他们年轻时喜欢过同一个女子，叫才旺甲茂。才旺甲茂出身贵族，与桑结嘉措是一对青梅竹马的恋人。后来，桑结嘉措登上第巴之位，两人渐行渐远，才旺甲茂无奈之下嫁给当时还是王子的拉藏汗。

贵为王妃的才旺甲茂自然不可能与桑结嘉措再续前缘，可拉藏汗是心胸狭隘之人，他嫉妒桑结嘉措的才能，更嫉恨他曾与自己的王妃有过一段情。无论这段情是真是假，总归成为他向桑结嘉措发难的借口。

局势暗涌起伏，表面还是一派祥和。桑结嘉措召见我，在他的面前，我始终是一个未长大的孩子。他问我："这些天，修习佛法如何了？"

我闭口不言，达娃卓玛失踪之后，我的心中存下愤怒和怀疑。他见我不答，起身走到我的面前，微微前倾与我相对。他的身量比我高，也比我壮硕魁梧，近五十岁的人，面容朗朗如晴日，看不出一丝苍老的痕迹。

感受到他压迫性的注视，我不觉向后退了一步。他了然一笑，抬起头，看着窗外的天空。

"我听侍者说，这段时日你将自己关在经室里，不眠不休。为何？是因为佛法奥义太深吗？几位德高望重的经师教导你，是为助你成才，成为最有修为与作为的上师。我本以为将来会看到在你的手中缔造一个太平盛世……看来，是我错了。"

"您没有错。"我抬起头，与他对视。

这些年来，这是我第一次直面他。过去的几年，我是安静端然的少年佛爷，他是位高权重的西藏第巴，我们鲜少的几次相对，也是他恭敬疏离地与我讲授佛法，告诉我如何向着那条艰深浩渺的路愈走愈远。我从未忤逆他，我可以在那些诚惶诚恐的侍从面前发泄我的不满，甚至当着经师的面，表达对佛法的质疑……唯独一个人，我不能。他是我一直敬重感激的人，尽管他带我走的路从来都是险象环生，寂寞永远。但是，我不悔，我没有后悔牵住他伸过来的手……而今，我真是忍耐不下去了。

"您是真的希望在我的手中缔造出一个太平盛世吗？可是，您连给予我双手实现的机会都不肯。我每日每夜反思，来到这里究竟是为了什么……我找不到答案。佛不会告诉我，要我自己去想，可我没有这个能耐。我告诉自己，我有心，有魂，有鲜血，是活生生的人，而不是您想要我成为的那个虚无的象征……您给我无上的身份和荣耀，让我失去常人的快乐。扪心自问，我坐上高台，就真的成为俯视天下、普度众生的'佛'了吗？没有，从来没有……"

"那么，你想要什么呢？"桑结嘉措直视着我，他的目光穿透我，直入内心深处。

我缓缓闭上眼，平静地说："自由，我想要自由……我想要自由地爱一个人，再也没有束缚。"

夜雨无声。雨水从屋檐缓缓滴落，整座布达拉宫沉浸在一片白茫茫的雨雾中。山河岁月，青山岿然不动，江河滚滚东流。云烟袅袅，月亮隐入云中，天地散发着黑暗的寂寥。从日出到黄昏，从繁华到苍凉，就如一片行云，缓缓流过苍茫的夜空，流过寂静的长廊，流过洞开的窗棂，流过寂寞无人赏的清浅梅香。

岁月如水，永不停歇。

我轻轻摩挲着雨水流淌的地方，红墙、朱瓦、青石台阶……它们留下我曾经迁徙的痕迹。我是一只鸟，高傲地飞向蓝天，然后跌落尘泥。我的翅膀一度是我的骄傲，如今成了折服我的束缚，因为我不再拥有飞翔的资格，我亲手折断了它，甘于坠落。

坐亦禅，行亦禅。
一花一世界，一叶一如来。
春来花自青，秋至叶飘零。
无穷般若心自在，语默动静体自然。

万法皆生，皆系缘分。
偶然的相遇，
蓦然的回首，
注定彼此的一生，
只为眼光交汇的刹那。

我与桑结嘉措达成妥协，我依旧是高贵端宁的六世达赖，桑结嘉措也依旧是身负重任的掌权者。只有我们彼此知道，我付出了什么，他放弃了什么。

他说："这是你我共同要走的路，谁也别想逃离。"
我说："你是你，我是我。既是雄鹰，便有翱翔的资格。同样，若非雄鹰，他再渴望飞翔也只能仰望。"

　　时光之门拉近了我与前世的距离。我仿佛站在河的彼岸，望着来生路，路途红莲绽放，细看那是彼岸花。花叶不相见，生生相离相错。

　　这是你我的命运。你在我眼前，透过氤氲的潮汐观望我，我盘腿坐于莲花台上，青山白云是我最美的故乡。海浪浸湿了我洁白的衣袂，海鸟飞翔，它们围绕在我的身边徘徊不去。大海之上的新日，用它柔软的光芒眷顾我。四面环山，山海相依，我行于海上，踏莲远行。

　　这是我的初世，亦是我的远世。

　　有一日，当你登临高峰，面向大海，你会看到一个云游四方的行僧，他有别于求佛的僧人。一袭白衣，长发飞扬，只有莲花为伴。你的眼中有他，他却在回眸之间将你印入了心底。

　　他是你的，仓央嘉措。

·玛吉阿米·

　　年少行乐时，便觉世事无常，而今事过境迁，却觉往事已矣。

玛吉阿米。

或许你曾经到过这个地方，听说过一个优美凄艳的传说。传说中的玛吉阿米是一位清绝如优昙的女子，她只属于深邃的夜，属于一个孤芳自赏的梦。

花是世间至美之物，而美人尤比花娇。在我的眼中，曾经的恋人，殊艳如荼蘼花，高洁如白梅。春夏秋冬，四季更替，她们如期绽放……却没有哪一种花，无论是盛烈的春夏，或是孤寂的寒冬，皆不屑开放。她绽放在永生的夜里，只与黑暗为伴。

在我化名宕桑旺波的无数个黑夜，醉生梦死，一晌贪欢。我是少年孤寂苦闷的流浪诗人，望月相思，醉酒解意，活在那些虚构的梦里，找不到出路。我很少笑，内心受烈火煎熬，想要轰轰烈烈地去爱，却没有可相爱的人。

> 倘得意中人，
> 长与共朝夕。
> 何如沧海中，
> 探得连城璧。

我独自一人，行于热闹的街市。

八廓街，藏人心中的"圣路"，也是转经道。八廓街随大昭寺建立，有许多惹人神往的名胜古迹。八廓街建起的第一所房子，是松赞干布为自己建造的行宫，名为"曲结颇章"。曲结颇章不远处有一座白塔，昼夜烟火弥漫，那里供奉着财神，保佑八廓街生意兴隆。白塔的北面，有一幢装饰着红墙的两层小楼，是清朝驻藏使臣办公的地方。

八廓街的两旁，均是木石结构的藏式平顶楼房，房顶四角插五色风马旗。黑框的门窗上，装饰着红、黄、白、蓝相间的短皱幔布。窗台上摆放着几盆色彩浓烈的花，名为"卓玛梅朵"。"卓玛梅朵"便是三色紫罗兰，被认为是"一身三任的保护神"。白色代表"观世音菩萨"，紫红色代表"金刚手菩萨"，黄色代表"文殊菩萨"。据说只要养全了三色紫罗兰，便能代替觉卧佛前供着的酥油长明灯。

对拉萨人而言，如若没有到过八廓街，就意味着没有来过拉萨。这条有着悠久历史的转经道，会聚着来自各地的朝圣者，他们大多来自边远地区，用身体丈量土地，磕着等身长头，只为见一眼心中的圣地。

抛却功名利禄、烦恼负重，随着朝拜的人群，缓缓前行。日光照耀在头顶，默想佛的慈悲容颜，他一路指引着你。

春日高楼明月夜，
盛宴在华堂。
杯觥人影相交错，
美酒泛流光。

千年苍松叶繁茂，
弦歌声悠扬。
昔日繁华今何在，
故人知何方。

这是一个静谧的夜晚。烟火璀璨漫天，细雪飘扬，纷纷如雪白的柳絮。我随人海而行，潮起潮灭，心如静海空明。歌舞升平的星夜，幽云一梦，恍觉惊梦之美。耳畔有歌声，依稀遥远，不禁相随。

我在一处喧闹的酒家门前停住脚步。店内灯火通明，人声鼎沸，却挡不住悠悠歌声，传入心扉。我凝神静听，裹足不前。歌声极美，柔润空灵宛如月台夕照，白羽翩落。我不觉随着涌入的人流走进店堂，只此一眼，便看到了在人群中翩翩起舞的绝色女子。她一边柔声清唱，一边即兴扭动着曼妙的舞蹈，体态轻盈如鹤、迷炫如蝶。

人心有真境，观"佛之境、世之境、心之境"，三境合一。你听潺潺水声，韵律如精灵的幽咽；你看落落烟花，姿态如天边飞仙。在你而言，变或不变，随心而定。凡人与仙人不过在于两种境界，而非天上人间之别。

"众里寻他千百度，蓦然回首，那人却在，灯火阑珊处。"

日后当我念起这句千古名句，深感天上与人间，不过一瞬，一念。未曾遇见她时，我在人间，心在天上。值此际会，因缘和合，相遇，相恋，心在人间，宛若天上。

她叫玛吉阿米，不知出身何地，不知来自何方。无妨，我爱她，她便为我而生，为我而来。

我为她写诗，用一首首质朴深情的诗打动她的芳心，让每一个见过或未曾见过我们相爱的人，知晓我对她的情意。我为她不辞风雪，漆黑的深夜，踏雪出宫，只为与她相见。每当夜幕降临之际，她便在那相遇初始的酒家柔声清唱，仿佛回应我的深情。

从东边的山尖上，
白亮的月儿出来了。
"未生娘"的脸儿，
在心中已渐渐地显现。

玛吉阿米，我心中的少女。我愿为她放下修佛的心，做一回悠游凡尘的俗世之人。幸好，我们还年轻，也幸好，我们还懂情。

· 昙花 ·

夜幕降临，我换上世俗男子穿着的长袍，披上带帽的风衣，悄悄地离开布达拉宫，前往那家心仪的酒家。那里有我日思夜想的人，我想再喝一杯她亲手斟满的酒，再看一眼她回眸一笑的容颜。

看着她，我想起了关于昙花的传说。

昙花原是一位花神，她每日开花，清雅绝伦，日月都因她失去光泽，她亦十分珍惜开花的时间。久而久之，昙花一日比一日开得美丽含情，却一日比一日郁郁寡欢。她爱上了每天为她浇花的男子，却不知如何向他表白爱意。

然而，不及她表白却被佛祖知晓。佛祖下令她每年只有一瞬间开花，以此阻隔与情郎相见。佛祖又将花神心仪的男子送去灵鹫山出家，赐名韦陀，令他忘记前尘，忘记花神。

许多年过去了，韦陀果真忘了花神，潜心修佛，渐有所成。而花神却怎么也忘不了那个曾经悉心照拂她的男子。她得知每年暮春时分，韦陀会下山为佛祖采集朝露，于是选择与他相遇的时间开放。

她将集聚整整一年的精气用于绽放的瞬间，希望韦陀能回头看她一眼，想起她。可是千百年过去了，韦陀一年一年下山采集朝露，昙花也一年一年静默绽放，韦陀却始终没有想起她。直到有一天，一位枯瘦苍白的男子从昙花身边经过，见她露出沉郁忧伤之态，不由得停下脚步问道："你为何哀伤？"

花神惊异，因为凡人看不见神的真身。眼前这位明明是凡人，他如何看见她，又如何得知她此时抑郁的心情。花神犹豫片刻，低声说："你帮不了我，问了也没用。"

她不指望这位凡人男子能帮助她，何况，既然是佛祖有意阻拦她与凡人相爱，也没有人能帮得了她……而那个心心念念的男子，早已忘了她。

四十年过去了。那位枯瘦苍白的男子再一次从昙花身边经过，也再一次重复了四十年前的问话："你为何哀伤？"

花神再次犹豫，沉默良久后答道："你帮不了我。"

男子微微一笑，然后离开。

又过去了四十年。一个形容枯槁的老人出现在花神面前，他是八十年前那位询问她"为何哀伤"的男子，如今已是风烛残年的老人。他再一次重复了八十年前的问话："你为何哀伤？"

昙花缓缓低下头，她早已不是当年冠绝群芳的百花之神了。多少年过去了，她在这里日日夜夜痴心等待，只为等心爱的男子看她一眼，想起她。可是，那个名为韦陀了断尘缘的男子却从未有一刻想起她。

"谢谢你，你是一个好人。"花神说，"你一生中问过我三次同样的问题，我却一直沉浸在悲伤的情绪中不知如何答复你……我是因爱遭到惩戒的花神，之所以哀伤，是因为我的爱人不记得我了，无论我如何努力，他始终想不起我。"

苍老的男子听完笑了笑，他笑起来的神态与前两次得不到回答时如出一辙。或许，他早已知道花神哀伤的原因，又或许，他已明了有情不得相近的意味。

"'缘起缘灭缘终尽，花开花落花归尘。'让我助你了结这一段情缘。"

花神不解，老人却挟住花神，一同去往佛国。老人圆寂，花神在佛国见到了韦陀。韦陀终于想起了前世与花神的情缘，苦苦哀求佛祖，还他一世姻缘。

"昙花一现，只为韦陀。"

昙花，又名"韦陀花"。因昙花希冀在夕阳沉落后见到韦陀，故而只在夜间绽放。

我对玛吉阿米说："你绝美孤洁的舞姿如夜间盛开的韦陀花。"她娇笑着反问我："我若是花，你又是谁？"

"自然是韦陀。"我深深地望进她的眼眸，"'昙花一现，只为韦陀。'我想你绝世独立的风姿只为一人存在，却不想你为他受千年的惩罚与寂寞。"

她低眉一笑，倚入我的怀中。

"我若是花，也只是因为夜而绽放。白日属于众生的喧嚣，唯有黑夜，只属于彼此的寂寞……爱情，因夜的绵长而珍贵。"

我想，我终于找到了共度黑夜之人。

此一刻，我忘记了佛祖的教诲，忘记了清规戒律，忘记了身份、地位甚至自己。我只知，我是世间再平凡不过的男子，需要一个亲密相依的爱人，与她尝尽人世情爱，共赴天上人间。

·仙境·

一个人的时光，天地为仙境，诗入仙境，人入仙境。两个人的时光，有她的地方，便是仙境。

我给玛吉阿米讲起一个故事。从前有一个凡人，他妄想登临仙境，便向佛祖请愿，祈求指点迷津。何为仙境？佛祖指向遥远矗立的青山，"看，这不是美妙的仙境吗？"

那人面无表情地摇了摇头，"太远，且平淡无奇。"

佛祖又指向空谷之中绽放的幽兰，"你看这如此稀有的兰花，开在空谷之地，难道不足以打动你的心吗？"

听者闻言，还是僵硬地摇了摇头，失望之情溢于言表。

佛祖不再言语，将他带至清水湖畔，指引他，"水中的微波、山林间的松涛声、幽静的山石与拂过水面的清风，此情此景，你是否身心愉悦，流连忘返？"

那人静静站立了半晌，一言不发。

佛祖叹息，最后指向天空的明月，"难道这还不够美丽吗？"

他摇了摇头，"这些都不是仙境。我要去的地方是仙境，不是世间美丽的地方。天上与人间有差别，我要去的是天上。"

"你又从何得知这不是仙境而是人间呢？"如此贪念之人，佛祖决定惩罚他，"你听好了，我要将你送往一个看不见行云与花树，听不到潺潺水声的地方，将你囚禁终老。"

这时候，他才悔不当初。然而一切为时已晚，他想要悔过已经来不及了。

玛吉阿米问我："这个故事告诉我们什么道理？"

我说："它告诉我们，幸与不幸，只在一念之间。如若不是因为他的贪念，祈求佛祖的最初，他已经登临仙境。倘若不是仙境，他又如何见到佛祖？而他，过分执着世俗的东西，有了金钱、名誉、地位、美人仍不知足，妄想成仙，甚至想不经修悟直达仙道，惹怒佛祖，自然是永世悔过。"

"你又有何心愿？想成仙吗？"她的脸上洋溢着青春之美，轻声问我。

"成仙或者成佛，都是凡人的心愿。既是凡人，便安于凡人的乐趣，与入仙境没有分别。"

"你不想成佛……"

"是的，我从未想过成佛。成事在人不在天，遂天的意愿不是反而束缚了人的快乐吗？"

在极短的今生之中，
获得了如此多的爱恋。
如若有来生，
希望相逢的时候，
我依旧是当年的翩翩少年。

我带玛吉阿米游历八廓街与大昭寺，我们走向转经道，随着人群缓缓移动。我牵住她的手，从未有一刻如此安定。我与她，过去只能黑夜相见，不能暴露于日光之下的爱情，不能光明正大立于身畔的爱人……一直以来，我心有愧悔。

选择黑夜，缘于我对她的保护，我害怕不幸的事情再次降临到这个美好的女子身上。然而，我终抵挡不住与她光明正大在一起的欲望，我想要世人看见我们出双入对，恩爱相依。即便不知我与她的身份，我也深感这一刻，岁月静好，永生铭记。

我们随着人流转经，走向大昭寺。围绕大昭寺矗立着挂满经幡的桅杆，藏语称作"塔青"，每一个"塔青"都有自己的名字与独特的来历。大昭寺门前的桅杆叫作"觉牙达金"，意为"给释迦牟尼佛的供奉"。相传是松赞干布为迎接释迦牟尼佛像的到来而建立。藏族姑娘年满十六岁时，就要到这根桅杆下举行成人仪式。

我牵着玛吉阿米的手，走向传说中的"塔青"。我曾经以六世达赖的身份进入大昭寺参加法会，却未曾仔细观赏过它。而今，我站在它的面前，仰望迎风飞舞的经幡，不禁涌起千头万绪。

我问身边的女子："你成年之时，可曾来这里转经？"

她黯然地摇了摇头，"我出身低微，父母养不起我，我便早早出来谋生。我已经忘了十六岁成年那一天是什么样子了……对我而言，它不过是我起早贪黑忙碌人生的某一天而已，没什么值得纪念。"

我轻轻摩挲她的手指，温柔地说："你忘了那一天，是因为那一天你没有得到祝福。现在你有我，有我的祝福，我们不妨试一试。"

我牵起她的手，围着直入云霄的桅杆一圈圈地转经。

八廓街东南角的桅杆叫作"甘丹塔钦"，当年宗喀巴大师听闻甘丹寺落成时，难以克制心头喜悦，顺手将藤杖插在地上，对着甘丹寺的方向祈祷祝福。后来人们将藤杖装进巨大的木杆，立在了他祈祷过的地方。八廓街东北角相对应的桅杆叫作"嘎顿塔卫"，人们为了纪念五世达赖时期保卫阿里的蒙古将领嘎顿泽旺，将他用过的长矛装进巨大的木杆而立于此处。

每年的藏历腊月初八，有专门的人将经杆放倒在地，换下被风雨侵蚀的旧经幡和哈达。而到了藏历正月初三，焕然一新的经杆在众人齐心协力之下高高地竖起，为新的一年祈福。

我们步入大昭寺的正殿，见到久违的释迦牟尼佛像。与往年亲见不可同日而语，这一次，我带着心爱的女子而来，与其说忏悔，不如说祈求。我祈求仁慈悲悯的释迦牟尼佛，原谅我的罪过，保佑我与牵手的女子，一生一世一双人。

大殿金碧辉煌，佛龛前的长明灯照亮殿宇。玛吉阿米虔诚地磕头许愿，而我，站在她的身旁久久不动。我与佛祖面向而立，他仿若对我微笑。

我蓦然想起晒佛法会上，我与佛祖那一次无声的相问。我想起了莲华生的誓言，想起了很多很多……想起美丽如蝶的女子，心神随之而去。我想，我终究是无能之人，保全不了心爱的人，任由她们颠沛流离。

我望向心爱的女子，想成全一个"一生一世一双人"的传说。我不会再爱别的女子，不会再与她分离，无论前路如何艰难险阻，我也要紧紧握住她的手，永不放开。

光明之主驾着七马神车，在金色的晚霞中消逝了，美丽的拉萨古城变得朦胧而神奇。八廓街灯火辉煌，如同满天熠熠生辉的繁星。明月初升，河流奔腾，人潮环绕着大昭寺转山转水。祈祷声，诵六字真言声，高亢澎湃的民歌，低柔缠绵的爱语……我们在潮起潮落的灯火阑珊处忘情拥吻。

无论来世如何，无论过往如何，唯愿与她此生相随。

那一天，
闭目在经殿的香雾中，
蓦然听见，你诵经的真言。

那一月，
转动所有的转经筒，
不为超度，只为触摸你的指尖。

那一年，
磕长头匍匐在山路，
不为觐见，只为贴着你的温暖。

那一世，
转山转水转佛塔，
不为修来世，只为途中与你相见。

第七场

日光殿·信徒·

我幽游深处探寻莲花的芬芳与清寂，

意外寻到了最爱之人。

她对我说，你就是我的莲花。

缘起即灭，缘生已空

·因缘·

昔日佛祖在菩提树下觉悟，便是万物皆从因缘生，缘生诸法，原无自性，其性本空。即此空性，便是众生本具的真心，原有的佛性。因此，成为宇宙的大觉圣者。在佛祖眼中，没有哪一种事物，不是"因缘际会"时而生，亦没有哪一种事物，不是"因缘离散"时而灭，更没有哪一种事物，能够离开因缘的范围而独立存在。

观世音菩萨，因彻底照见内在五蕴身心、外在宇宙万有，无不皆空。而我远远不如观世音那般深藏智慧与觉悟，所以我无法破执，亦无法成佛。

我与玛吉阿米幽会不久，坊间传出流言，一位貌美的酒家女子被布达拉宫某个大人物看上了。流言传入布达拉宫，桑结嘉措找我当面质问。我知他派心腹秘密监视我，早已洞悉我的一切。我不以为意，只要他不伤害我的爱人，不阻拦我们相见，我便一直沉默地顺从，当这早已厌倦的六世达赖。

他对我说，拉藏汗故意散播谣言，将我与那女子的相爱情形描绘得淫乱不堪。他甚至派人作伪诗，恶意诋毁我。拉藏汗的高明之处在于，他并不在明面上针对我，而是利用人们的揣度心理影射我，反而让有心人信以为真。譬如，桑结嘉措。

以讹传讹，我并不当真。可是，我不能不顾及心爱女子的感受。我连夜赶到玛吉阿米的住处，幸而，她一切安好。

我见她哭泣，忙安抚她。我说："你千万不要当真，那些人恶意诽谤，我真心诚意与你相爱，爱你至深……但我……"我不知如何与她说起那些纷繁的过往。在我历经的人生岁月，这是我第一次想要与一个人单纯地谈起一直避讳的身份与往事。

"我出生伊始，门巴族的老人预言我是莲华生转世……"我微微一笑，不待她反应，兀自说道，"在我而言，是不是谁的转世都不重要，重要的是我想过自由快乐的童年。但是，就连如此微薄的心愿都无法满足。我四岁那年，家里来了两个僧人，他们带来许多佛器，转经筒、经书、念珠、金刚铃……让我从中挑选。我做出选择，他们确认我是转世灵童。"

说到这里，我沉默下来。身畔的女子渐渐止住了哭声，恢复以往的平静淡然，她的眼中，深藏着了然的悲哀。

我视而不见，继续说道："后来，我被秘密送至措那宗修习佛法经义，在那里，认识了初恋爱人。初恋很美好，却很短暂，她不知晓我的身份，我亦不打算告诉她。那年我十五岁，十五岁还是少年，我的心却开始慢慢苍老……没过多久，我作为五世达赖的转世灵童入住布达拉宫，再后来，我成了六世达赖仓央嘉措……

"我不喜欢那个高高在上的身份，不喜欢他们卑微无措地向我行礼，称呼我'佛爷'。我不过是个凡人，我时常想，若不是命运的作弄，我还是那个鲜衣怒马纵情歌唱的少年。我寻找我的天涯，梦想爬上月亮，看看传说的桂宫与寂寞的玉兔……我是如此渴望自由快乐的生活，希望过一场有爱的人生……于是，我遇到了生命中的第二个恋人，她对我而言，如同月宫嫦娥来到我的梦里。梦醒了，她走了。"

"那么我呢……我又是谁……"她终于抬起脸庞，深深地凝视着我，温柔深情的眼光隐含幽怨和无奈，"我是否又是你的一个梦……还是说，你才是所有人的梦……"

我与她相视，久久不言。我却不知道，这是我与她最后一次相见。

由何而来，
往何而去。

或许众人猜疑，
或许无人问津。

火树银花，
兢兢业业，
永垂不朽，
多么风尘。

她转过身，看着窗外山河同寂的黑夜。淡远的星辰在她的眼
中只留一个模糊的重影，恍然以为是破茧而出的蝴蝶，迷蒙的光
照刹那湮灭。

"我也给你讲一个故事。"

如水的月光洒在窗棂，酥油灯忽明忽暗，一室静谧如初雨黄
昏，恍然惊了梦影。

"在拉萨城的一个边远小镇，住着一户人家。男耕女织，日子
过得清静安好。后来，这户人家的女主人生了一个女儿，她天生
携带异香，人人见之爱之，父母更是宝贝不已。老人说，这样被
佛祖眷顾的孩子太过矜贵，生在贫寒人家不易养活。父母无奈，
唯有将她送去别处寄养。可是好景不长，女孩的母亲积劳成疾，
难产过世，留下一个嗷嗷待哺的婴儿。父亲自此一蹶不振，以酒
度日。女孩感念父母的养育之恩，回到清寒的家中照顾生病的父
亲和年幼的弟弟。父亲酗酒成瘾，苦劝不听，她不得不肩负起养

家糊口的重任。

"她身带异香，出门在外，遭遇好色之徒垂涎，甚至连幼年疼爱自己的父亲也打起了她主意，要将她卖到酒家换酒喝。她伤心欲绝，跑到深山中，将自己浸泡于湖中整整一夜，祈求佛祖怜悯，将身体的异香去除。她因寒气入体大病一场，病好后异香也没有了。她原以为一生可以如预想的那般平静安然，未料，一场瘟疫夺去了弟弟的生命。父亲怒火中烧，认为她是不祥之人，给家里带来灾祸，要将她赶出家门。她望着年迈苍老的父亲，内心苦不堪言，于是，不得已卖身到酒家，干起了最低贱的杂役。"

她的眼里有泪，顿了顿，望向窗外缓缓说道："她想赎罪，因为她觉得，若不是她的降生，幸福快乐的家庭不会家破人亡、伶仃寥落。她一日日辛苦劳作，祈求佛祖保佑父亲身体康健，保佑他们的家庭再也没有疾病和灾难。她出落得一天比一天美丽，却因为年少的遭遇刻意掩饰容颜。终于有一天，她遇见一位如星月般优美出尘的男子，他翩翩风雅的身姿令她一见倾心，禁闭的心房骤然开出一朵花来……她终于明了，那是她心上的莲花。

"她随他的身影追逐而去，却迷失在雪域的荒原。她觉得他不似凡世之人，却有一颗怜悯凡尘的心。她想再一次见到他，却不知在哪里等待，不知能否有缘相遇。某一日，她听酒家的人说，拉萨城出了一个名叫宕桑旺波的年轻诗人，他写出的情诗连天上的月亮都为之失色，莫说凡人。不知为何，她蓦然想起了那个在酒家门前相遇的男子，他的身姿是凡尘中一朵静谧安然的花，悠悠散发着清冷的寒香……"

·比丘戒·

藏历水马年（1702年），我年满二十岁，受比丘戒。

扎什伦布寺，历代达赖班禅的驻锡之地，位于日喀则市城西的尼色日山坡上。它与拉萨"三大寺"甘丹寺、色拉寺、哲蚌寺合称格鲁教派"四大寺"。我在扎什伦布寺受比丘戒，为我主持比丘戒仪式的是我敬重的恩师，五世班禅罗桑益希。而随我前去日喀则参加受戒仪式的，还有第巴桑结嘉措、蒙古王①拉藏汗以及三大寺的堪布。

那夜我与玛吉阿米分离之际，心中存了一个惊世骇俗的念头。我明知即将受比丘戒，却不愿意就此屈服。我对玛吉阿米说："请允许我用这不愿意接受的身份向你诚恳发誓，这是我们最后一次

---

① 蒙古王：指和硕特部汗王。17世纪30年代和硕特部落首领固始汗受五世达赖和四世班禅之邀率领卫拉特联军，由今新疆地区攻取青海，继而统一青藏高原，建立了和硕汗廷，汗廷统治青藏高原70多年。

分离。待到重返拉萨城之时，便是我们永远在一起之时。"

六月，一行人抵达扎什伦布寺。这一座被世人称作"吉祥须弥寺"的日喀则最大寺院，供奉着历代班禅的舍利肉身。寺内最早的建筑物错钦大殿，供奉着释迦牟尼佛、创建者一世达赖根敦珠巴与四世班禅罗桑确吉坚赞。

扎什伦布寺依山而建，背附高山，殿宇鳞次栉比，疏密均衡。金顶红墙的高大建筑，雄伟壮美。从远处眺望，重峦叠嶂，江山一片翡翠鲜红，金碧辉煌。每年藏历五月十五日前后三天，在扎什伦布寺举行神圣隆重的展佛大会。过去佛（无量光佛）、现在佛（释迦牟尼佛）、未来佛（强巴佛）三大刺绣佛像展挂在寺内展佛台的向阳面壁上，僧众与信徒敬献哈达，顶礼膜拜，祈求佛祖怜悯众生，护佑人间幸福永远。

"拉让"的日光殿是扎什伦布寺最高的大殿，我在此殿受比丘戒。仪式尚未开始，我端坐于日光殿的大殿之上，宛如一尊凝定的佛像。日光从外面照射进来，金光弥漫，我仿佛穿过它，看到世外的千山万水，那样辽阔宁静。我看见，格桑花开满山坡，松枝迎风微微摇摆。我看见，善男信女长途跋涉，向着日出的方向虔诚地俯下身体。我看见，万里无云的晴空，雄鹰振翅翱翔，长鸣天际。

"于千万人之中，遇见了你。于千山万水之中，错过了你。"

我微微低下头，喇嘛的诵经声在耳畔响起，经久不衰，钟声一下一下敲打在心间。一群身披袈裟的僧人缓缓向我走来，最前方引领之人端庄肃然，五世班禅，我的老师。

我了然地笑了，这一刻，我不再是我。

他的身后，恭敬的僧人手捧授戒的器具，刺眼的亮光晃花了我的眼，错觉间，我缓缓起身。一瞬间，所有面向我站立的人震惊地睁大了双眼，他们的目光惶然迷惑，不知高高在上的我将要做什么。

我面容沉静，一步一步走下台阶，走近他们，穿过他们，背对他们，走向日光笼罩的殿宇大门……

我是一只蝶，几何乘风而去，几何对月相思，几何望日生悲。生悲。我望着耀光漫世的旭日，望向青山环绕的大地，默然不语。

我的身前身后，簇拥了一大群人，他们望着我欲言又止，敬畏谦卑。在他们眼中，我是神圣的，遥远的……我不是与他们一样的凡人，是活在他们心中的虚无。

我转过身，向着大殿的方向拜了三拜，一拜天地，二拜佛祖，三拜我的老师五世班禅。我虔敬地深深叩首，不敢望向他的脸。

"违背上师之命，实在惭愧。"我的声音低沉沙哑，但是每一个字，所有人都会清楚地听见，"今时，我将退回以往所受诸戒，不再是佛家弟子……若是不能交回先前所受出家戒及沙弥戒，我将在此了结这虚无的人生，二者当中，请择其一。"

说完，我不再理会众人的反应，此时此刻，我的心中只有一个念头：脱下袈裟，离去，头也不回地离去。

泪水滑过我的脸庞，落入尘泥，消失不见。没有人应声，他们被我荒诞出格的言行惊呆了。时间一点点流逝，整座大殿连同大殿的上空出奇地静谧，不知过了多久，五世班禅走到我的身前，双手颤抖地扶起我，良久，发出一声微不可闻的叹息。

"我们的人生，执着或者放下，不过是念因……"我恍然听见我们曾经的对话。

就这样，在我决绝的抗拒下，比丘戒仪式匆忙落下帷幕。

· 缘灭 ·

缘起性空。性空缘起。

舍利弗，名为"鹙子"，鹙之子，从母得名。因为他的母亲眼睛如鹙般精明美丽，被称为"鹙"。舍利弗原是婆罗门教的一个僧侣，因偶然遇见释尊座下弟子马胜比丘，从他那里听闻"诸法因

缘生，诸法因缘灭，我佛大沙门，常作如是说"，深受点化，于是
转投释尊座下，出家修行，成为佛门弟子。

从日喀则回到拉萨城，我迫不及待地想见玛吉阿米。然而，
桑结嘉措冷漠决绝地告诉我一个消息：玛吉阿米嫁人了。

我无法接受这个事实，离开拉萨城的前一夜，我们还在灯下
深情相望，互诉衷肠。我记得她说的每一句话，记得她遭受过的
苦难，更记得，她是因为我才重拾了爱的信心和勇气……这世间，
她最不应该诀别的人就是我。

在我最痛苦、最脆弱的时候，桑结嘉措将我幽禁起来。我从
未有一刻，如现在这般恨他，他用最残忍的方式惩罚了我。他知
道如何做可以深深地伤害我，也知道如何做可以让我无条件地屈
服，任凭他创造或毁灭一个在虚境与凡世间挣扎的"仓央嘉措"。

我终日在布达拉宫的日光殿饮酒、作诗，以告慰对挚爱之人
的刻骨相思。即便如此，亦不能驱除身体深处弥漫而出的痛意。
我一遍一遍回味往昔的岁月，畅想风月之外的传说。

吉祥天母，密教中一位身份非常显赫的护法女神，藏语称"班
达拉姆"。相传创世时，她踞于莲花之上，随波逐流，故又名"波
德玛"，意为"莲花"。

密教典籍里记载，吉祥天母是大日如来的变化之身，手持莲
花，坐于莲花之上，美貌绝伦。据说天神与阿修罗为占有她发生

争执，她便有了"乳海之女"的称号。传说她是爱神之母，面容柔丽，窈窕身姿端静宛如圣母。她是密教里最高品阶的护法女神，象征"功德"与"吉祥"，被称作"功德天"。

大昭寺里供奉着吉祥天母的法像，她有寂静相与忿怒相两种化身，外貌截然相反。她的寂静相非常美，肤色雪白，头上梳起高耸端庄的发髻，戴着圣洁的花冠。她身穿洁白衣裳，与如雪的肌肤相衬，端坐于莲花座上，右手执一支白杆的长羽箭，左手端一只宝碗，微笑面对世人，深邃细长的眼睛流露出温柔和善的目光。

她的忿怒相非常凶恶。肤色青蓝，头戴骷髅冠，冠面缀着五只骷髅。头发是艳丽的红色，竖立表示愤怒，发上坠有半月饰，象征身份至高无上。她的面部表情凶狠夸张，共有三只眼，每一只怒睁如铜铃。左右耳饰皆为凶猛的走兽，左耳为蛇，表示愤怒，右耳为狮，象征听佛道。她侧身坐在一头骡子上，两腿张开，上身着人皮，下身围虎皮。手握两端装饰金刚的短棒，相传是与阿修罗作战的法器。座下又是一张人皮，头颅倒挂在骡身一侧，象征异教徒被降伏。她骑骡行于天地三界，被称作"三界总主"。

吉祥天母一生功德极高，无论呈现的是圣洁还是凶恶的化身，皆是佛教密宗中值得尊崇之神。可即便如此功德无量，她一生都在逃亡的宿命中颠沛。相传她经常骑着一头黄骡，在无人出现的荒漠死海奔逃藏匿。

令我印象最深刻的，却是关于她的爱情传说。

相传，吉祥天母曾经有过一个恋人，他是同样作为护法神的赤尊赞。赤尊赞生前是文成公主入藏时跟随的武士，死后成为大昭寺的护法神。同为大昭寺护法的吉祥天母与他相恋，致使赤尊赞被赶出大昭寺，流落为拉萨河南岸的乡土保护神。永生永世，赤尊赞不能穿过河流，吉祥天女同样如此。

一个在河之南，一个在河之北，宛如牛郎织女般隔着一条奔涌浩荡的河流不得相聚。他们的真情没有感动上天，却感动了一世又一世的凡人……红尘轮回，吉祥天母与赤尊赞早已成为遥远的传说，现实中的人们却要将这对分离的恋人通过另一种方式结合在一起。

于是，每年的藏历十月二十五日，人们从大昭寺将吉祥天母的法像抬出来，沿街巡游，快到河岸的时候，将女神的神像转向河的彼岸，对着赤尊赞所在的方向停留片刻，以此慰藉这两位护法神的相思之情。

· 忘我 ·

在我青春盛华的年纪，曾经试图从佛法教义里找出作为佛的寄托的价值。至我成年，端坐于布达拉宫的宫殿之上，我亦反复默想，是否真的可以成为一名合格的上师，如同五世达赖般清心寡欲，在佛法之路上探求更深更远的奥秘。

我的父母，他们同样是佛教徒，过的却是凡夫俗子的世俗生活。为什么我不能像他们那样过寻常人的生活……我无数次问自己。我的任性与不羁造就了一个生于凡尘、享受俗世快乐的我，亦如吉祥天母的两种法身，我同样分裂出了两个不同的"我"：一个是心如静水楼台，表面安然端坐的我；一个是心如野马雄鹰，妄想驰骋飞翔的我。

没有一个"我"实现曾经甜蜜怅惘的梦。当我想要为自己的身份付出微薄的力量时，有人阻碍我、禁锢我；当我想要卸下沉重的包袱追求自由时，又有人劝诫我、恳求我。我该如何做，才能让每一个在乎我、倚仗我的人满意。而我又该如何，才能让那些我爱过和爱过我的人不再重蹈命运的覆辙。

独坐日光殿的无数个白日黑夜，外面的喧嚣纷扰已不再影响到我。我想起与玛吉阿米相拥的宁静时光，想起她凝望我深情惆怅的眼眸。初相遇，缘定今生。她讲述的故事是对我最美的告白，我原以为，最美的相遇是"众里寻他千百度，蓦然回首，那人却在，灯火阑珊处"，而她，早已在灯火阑珊处等候多时，只是我从未发现。

"我与你相遇之前，其实已经认识了你好多年。"

我们至简至繁的生命，因爱而起，因爱而落。童年离我远去，唯有童年的梦仍在继续，而我宁愿沉睡其中，不再醒来。

莲华生的预言对我而言是一个梦，一个童年不再回转的梦。我的少年，失语多于失梦，我幽游深处探寻莲花的芬芳与清寂，意外寻到了最爱之人。她对我说，你就是我的莲花。

优美如画如江山，我仍希望我只是少年。

万法皆生，
皆系缘分。
缘起即灭，
缘生已空。

第八场

青海湖·永生·

每个人的一生，真实而美好。

你所拥有即拥有，失去却不意味着失去。

失去是另一种拥有，你要相信。

最美是我的一生

·青海湖·

"明日或者来生，哪一个先降临，我们从不知晓。"

史书上记载，我作为六世达赖喇嘛圆寂的地方是在青海湖。青海湖，古语称"西海"，藏语称"错温波"，意为"青色的湖"。

青海湖的由来，有一个美丽动人的传说。

一千多年前，吐蕃王朝时代，文成公主远嫁藏王松赞干布。临行前，唐朝皇帝赐予她照出家乡景象的日月宝镜。漫长颠沛的路途中，公主不禁思念起故乡，便拿出日月宝镜，看见了久违的长安。她泪如泉涌，动情而伤情，但她始终记得自己远嫁异邦的使命，忍着心痛将宝镜扔出去，断了对家乡的念想。却未料，那面被扔出的宝镜落地时闪出一道金光，化作一片蔚蓝的湖水，就是"青海湖"。

对于湖水、海洋、高山、天空、云朵，我怀有一种执着的迷恋。我若是生于清湖的莲花，寂灭之时，回归清湖，沉于湖底，又是一株静默的莲。那么，我其实一直没有离开尘世，不过是暂时地安歇。待我醒来，还能看到青蓝的天空，白昼光亮，洁白花海一片芬芳馥郁。

大昭寺，我再一次回到虔诚皈依的地方。我皈依的不是佛门，不是释迦牟尼佛……是真爱永存的世间。我还记得，与挚爱女子牵手、转经，双双跪倒在佛祖面前，虔诚地求愿。

释迦牟尼佛，端坐于大昭寺的金色圣殿，左手捧钵，右手扶膝，双目低垂，默然含笑。他是大昭寺的主神，是信徒永生追随的信仰。拉萨城原先叫作"吉雪沃塘"，因了释迦牟尼佛像的入驻，才改名"拉萨"，意为"佛的圣地"。

从古至今，每逢神圣的节日，信徒们都要前往大昭寺朝佛。他们跪拜在大昭寺门前，五体投地，粗糙的石板被朝拜者的身体摩擦得如大理石般圆润光滑。他们点燃千盏长明灯，匍匐在佛的脚下，将额头轻轻贴在他的左膝，无声诉说着自己的祈求。

岁月悠悠，时光更替轮回。大昭寺释迦牟尼佛像前的长明酥油灯，一直燃烧不灭。

我观大殿中央的释迦牟尼佛像，他与我相对，似在沉思，又似在凝望。一年一度的传昭法会即将到来，这年是藏历水羊年（1703 年），我成为六世达赖喇嘛的第六年。

> 一切有为法，
> 如梦幻泡影，
> 如露亦如电，
> 应作如是观。

传召法会，西藏最大的宗教节日。它由格鲁派创始人宗喀巴大师在拉萨城发起的一次祈祷大会延续而来，对整个格鲁教派有着非同寻常的意义。传召法会期间，拉萨三大寺的僧人全部集中在大昭寺，面向释迦牟尼佛像诵经祈祷。

传召法会最重要的内容是诵经与辩经。诵经祈愿感召佛祖，保佑天下太平兴盛。藏历正月初三至二十四日，整整二十二天，每日有六次经会。

传召法会期间，僧人云集拉萨城，在大昭寺内诵经祈祷，讲经辩经，相法立宗，考取藏传佛教最高学位"拉然巴格西"。虔诚的信徒们纷纷前来添灯供佛，向众僧发放布施。

藏历正月十五日是释迦牟尼佛祖以"神变"最终战胜富兰那·迦叶为首的六师外道的日子，这一日被称作"酥油灯节"。色拉寺、哲蚌寺、甘丹寺三大寺的僧众举行盛大节日祈愿求佛，将传召法会推向高潮。

夜晚，八廓街沿街搭起各式各样的花架，有高有低，花架上摆满五颜六色的酥油制成的神仙、人物、花木与鸟兽塑像。或宏伟高大、气宇不凡，或小巧玲珑、纤柔妩媚，或凌空而立、翩然飞天……千百盏花灯绵延长街，如同璀璨银河，照彻天宇。百姓在夜幕降临之际，纷纷涌向街头观赏花灯，人们载歌载舞，通宵欢庆。

这一年，我第一次参加传召法会，第一次亲历传说中的酥油灯节。往年的正月十五，都是我一个人孤单地站在布达拉宫外，望月凝思。这一晚的月亮最圆，也最美丽。她是我寂寞深处光明的幻想，是我今生苦苦追求却求不到的爱人。

"我是凡人的月亮，那么，谁又是我的月亮？"

我伸出手，依照月亮遥远的轮廓轻轻抚摸，如同抚摸一个人的脸。我的柔情悉数给了你，你定不知，此刻，我有多么想念你。

· 彼岸 ·

彼岸，我的前世，在我的梦境里徐徐展开跌宕起伏的画卷，它像一首古老的青春之歌。

我的伊人在水一方，我却在水中央。我看着每一个人涉水而来，与我擦肩而过。他们的面容无喜无悲，目视前方。我望着熟悉之人的脸，我亲近过，深爱过，怨恨过，伤害过……所有人的脸重叠又消逝，沉入水中，归于平静。

传召法会尾声之际，一场早有预谋的揭露震惊了整片雪域高原，甚至惊动了千里之外的帝京。整座拉萨城，一片哗然。

蒙古王拉藏汗，在传召法会上公然宣称六世达赖喇嘛纵情声色，不守佛教清规。他上书远在帝京的康熙皇帝，六世达赖喇嘛沉迷酒色，与世俗女子有染，更有确凿证据证明，六世达赖并非五世达赖的转世灵童……请求废黜。

所有人的目光聚集在我的身上，有质疑，有揣测，更多的是震惊与茫然。那些敬拜我的子民，那些一心一意视我为在世活佛的僧众信徒，他们静静地注视着我，好似我就要乘风而去。全身的血液仿佛快要流尽了，那一刻，我想起了玛吉阿米凝视我的目光，了然而悲哀。

我伸出手，阳光穿透指缝，温柔地触摸我的脸。白云苍狗，浮世烟云。

你看天，有风，有云，有日光。

你看地，有树，有花，有生命。

你看你，有心，有魂，有鲜血。

你看我，无爱，无恨，无慈悲。

这一刻，我脱下僧袍，转身而去。

很多年后，你看到一个僧人的背影，长袍被风吹起。他手执一朵莲花，于高山流水间缓缓离去。他看似放下一切，虚无的身份、沉重的负担、被禁锢的命运以及被世人传颂的爱情。蓦然间，你为他流下两行泪，不知为何，他远行的背影深深牵动着你，令你陡然伤悲。

佛说，要有悲，于是便有悲。

你的悲切源于对人世情爱的感念，天地为之失色，化作一场漫天漫地的花雨。你在花中，看到他回眸一笑的容颜，依旧温暖。

"值得吗？"
"值得。永远。"

· 幽禁 ·

藏历木鸡年（1705 年），格鲁派第五任第巴桑结嘉措溘然辞世。他的猝然离世造成了西藏政坛一次彻底的颠覆。

第巴一直掌管宗教事务，五世达赖逝世之后，桑结嘉措便一直统领西藏政教事务二十余年。他的一生功过参半，对西藏地区的稳定发展立下汗马功劳，然而，他隐瞒五世达赖病逝的消息长达十五年之久，欺骗了西藏的民众和远在帝京的帝王。

政治，是他一生位列的高度，以此作为前行的动力。对于我，他的离去是一种解脱。他对我有知遇和再造之恩，无论我曾经多么恨他，这份恩情始终在心上，永不磨灭。我不会忘记他对我说过的每一句话，他说："人，应当懂得忍生。"

"人，应当懂得忍生。"

他的一生是忍耐的一生。纵然有旷世之才、颠覆之心，终不过是命运的囚徒。

他教导我："你要像尊者与你的师父一样，成为受万民敬仰与爱戴的上师，造福于民。"

我问："既造福于民，为何不归属于民？"

他说："你是征服者，只有万民归属臣服于你。你要皈依的，唯有永生的伟大的佛。"

若我皈依佛，又何来"我是佛"之说。

若我是佛，皈依的，不过是自己。

我度有彼岸，

已得过诸苦。

是故于今者，

纯受上妙乐。

我今入涅槃，
犹如大火灭。
纯陀汝不应，
思量如来义。

我今入涅槃，
受于第一乐。
诸佛法如是，
不应复啼哭。

这个世界上，唯一禁锢你的人不在了，你真的解脱了吗？没有。所谓的"解脱"，是指终于获得支配自己命运的权利，却不能够如愿飞翔。

藏历火狗年（1706 年），桑结嘉措去世之后的第一年，失去了他的依怙，我的人生仍是一片空虚的白。我看到布达拉宫上空的日光，耀眼炽烈，落入我的眼中，世界灰飞烟灭。

我被拘禁于日光殿。

我的世界一片安宁清寂，而一门之隔的外世，早已沸反盈天。新的势力侵入布达拉宫，拉藏汗嚣张跋扈，虎视眈眈，觊觎布达拉宫最高的权位。而此时的我，内心沉静如水，不为所动。我蓦然想起桑结嘉措，与他共处的时光似乎一直没有消逝，如同昼夜不息的酥油灯。

"斯人已逝，此地空余。"

我再一次想起这句话，再一次想起，与他的初见，他的脸犹如晚霞衬托的云朵，明亮柔和。他专注地凝视我，笑意渐渐蔓延。

"六世达赖喇嘛——罗桑仁钦·仓央嘉措。"

原来这一生，我们已经携手走过许多年……无论是对是错，你也为我奉献了一生。

· 一生 ·

我被押解进京的这一天，天空晴朗，万里无云。

哲蚌寺，这座象征繁荣的寺院，成为我最后的驻留地。它是藏传佛教中最大的寺院，殿宇辉煌，众山环绕，宛如一座美丽的山城。寺内供奉着历代达赖喇嘛的灵塔，珍藏佛教瑰宝经典《甘珠尔》，象征格鲁派权力中心的"甘丹颇章"也建造于此。五世达赖时期，这里是西藏政治与宗教权力的核心。

我端坐在措钦大殿内。酥油灯静静地燃烧，殿内四壁绘制着精美绝伦的壁画，宛如一个与世隔绝的佛法世界。哲蚌寺在众寺中的地位举足轻重，我想，若在这里端坐涅槃，也未尝不好。

"深奥宁静，解脱繁杂，明亮清澄，超越思议的心，是诸佛的心。"

拉藏汗的军队包围哲蚌寺，扬言若不交出我，便血洗整座寺院。护卫我的僧人手持木棍，坚毅的面庞显示出对佛的忠贞不渝。他们用强健的身躯筑造一道高墙，将那些挑衅侵略的目光牢牢地挡在外面。

我安然立于他们身后，青山之外的天，如此宁静淡远，美如一幅画。仿佛仍是那年措那宗的青青湖畔，山外青山天外天。外面的喧嚣声近在耳畔，人人神情无畏，似要决战到底，哪怕付出最宝贵的生命。

我对他们说："你们的生命是佛赐予的，唯有佛才能收回去，不应白白牺牲。"

他们说："您就是我们的佛，我们不为您牺牲又为谁牺牲？"

在所有的足迹中，
大象的足迹最为尊贵。
在所有的正念禅中，
念死最为尊贵。

感恩如生。尊贵如死。

彼时的我已身染顽疾，我体会为"相思成疾，无可救药"。自我出生至今，最深刻的感念即为"相思"。我思念已故的阿爸阿妈，思念遥远的家乡，思念每一个牵手相拥的爱人……思念春夏秋冬，那些宁静致远的时光。

思念故人，追忆往事，不过寂寞的一生。
孑然一身来，孑然一身去，如此，也好。

我微微一笑，最后一次仰望眷顾我的天空，也许不用再等多久，我便可飞翔被你相拥。

哲蚌寺的大门缓缓打开，我走向面朝我的人群。身后是一片此起彼伏的痛哭声，如同大海浪淘的呜咽。有人带头诵经，一个、两个、三个……成千上万，众僧齐齐向我离去的方向跪倒，一声一声，响彻苍穹。

拉藏汗的军队纷纷往后撤退，他们的神情震撼而敬畏。多少年来，我一直想逃离这个名不副实的身份，直至如今，它却成为护佑我的最后一道屏障。

由何而来，往何而去。

我走过的地方，每一个手持哈达的百姓虔敬地跪倒在我的脚边，以头触地。他们将最美的哈达敬献于我，哈达如雪耀眼，披在我的身上。

尘世翻涌奔流，这一刻，我深信，我是凡尘最美的莲花。

若我是莲花，
遗世而独立，
我是凡尘最美的莲花。

若你是莲花，
当你站在佛祖面前，
你就是我的莲花。

我看到一片蔚蓝的海，碧波宁静，白鹤悠悠掠过海面，直向天际。日光涌动如清泉，白云袅袅，似烟似雾。远望天边，山水相连，湖水倒映着皎洁盈盈的雪光，衬得天地一片静美。

晴翠的山峦，霏微的雾霭，还有那白鹤掠过湖面掀起的清浅细纹，深深映入我的眼帘，满目韶华。如若我的一生就此停驻，化为青山，青山之上有绿竹，有白雪，有静静流泻的日光。一对白鹤盘旋飞过，形影相依。一树一树的花开，与无声而落的雪，点缀了四季春秋。

我张开双臂，面向大海无声站立。耳畔是静静吹拂的风，轻且暖。日光穿透我的身躯，没入海中。西北、西南、东方的海岸，我跋涉千山万水，终于寻到宁静的皈依。

青海湖，在这里，我看到了我的前世，与来生。

有人踏浪而来，有人乘风而去。几多风尘不朽，她就在这里，我就在这里。

我微笑着闭上眼睛，一幕一幕前尘往事如风雪过境，千鹤纷飞。门隔的春天百鸟飞舞，花如朝霞。布达拉宫屋檐的白雪映照出晨间最迷人的霓虹，大昭寺闭目诵经的喇嘛们，虔诚地面朝佛祖，深深膜拜。佛祖微敛双眸的悲悯面容沐浴在金色的光芒中，寂静安详。他的身前，白衣如莲的男子，回眸一笑的容颜与我相望，那么近，那么远……

这就是我的一生，最美的一生。

你看天，有风，有云，有日光。
你看地，有树，有花，有生命。
你看你，有心，有魂，有鲜血。
你看我，无爱，无恨，无慈悲。

后 记

与君书·清欢·

真实的你是夜阑深处最美的记忆，无人可替代。

几世轮回，终不会无休无止，

唯独你，值此一生，成为永恒。

你是我永生铭记的少年

·前世·

仓央嘉措。

再一次念起这个名字，动荡的年代，诵经的真言，喜马拉雅山巅的皑皑白雪，长虹横贯的天边，月光朦胧的梦中花园，以及，男与女的邂逅。也许，这就是一切的起源。

前世。彼岸。

很多很多年，我执着于一个问题：我是谁？我来到尘世究竟为了什么？

仓央嘉措。

曾几何时，每当念起这个名字，心中最柔软的地方仿佛开出一朵花，一朵出淤泥而不染的莲花。我看过太多美丽的幻境，它们真实地存活于我的梦中，一颦一笑，摇曳生花。那时我就在想，也许我不该到这尘世来，只在佛祖身前做一朵高贵出尘的莲花，由他慈悲宽阔的手温暖我、栽种我……于是，我在清晨的第一缕光中，微笑着醒来。

仓央嘉措。

有多少人，念起这个名字默然叹息。有多少人，觉得他的一生是一个美丽的错误。当我回首曾经的一世，那一世，一切皆可抛下，唯独生命之城。我是那座城池的王，花雨漫天，日光倾城，云深似海。我一身袈裟，独坐遥远的山巅，俯视众生万象。

缘起。缘灭。

究竟红尘中，谁蹉跎了谁的流年，谁牵绊了谁的寻觅，谁执起谁的手，执着地寻一个莲花盛开的初世。

天地风云。日光生命。

我是悠游人世的流浪诗人，是世间最美的情郎。回首曾经走过的路途，我却在想，最美的其实是我的一生，仓央嘉措的一生。

百年复几许，慷慨一何多。
子当为我击筑，我为子高歌。
招手海边鸥鸟，看我胸中云梦，蒂芥近如何？

楚越等闲耳，肝胆有风波。

生平事，天付与，且婆娑。
几人尘外相视，一笑醉颜酡。
看到浮云过了，又恐堂堂岁月，一掷去如梭。
劝子且秉烛，为驻好春过。

史书记载，我作为六世达赖喇嘛仓央嘉措的一生终结于青海湖。后世流传我并未就此圆寂，而是另往他方。有人追溯我流浪的足迹，有人言，我终于在佛法的道路上修成正果，成为一代上师。

如若我告诉你，我其实哪里也没有去，而是沉睡在家乡的清湖深处，随莲花轮回绽放，你，是否相信……

仓央嘉措，已成为一个悠远美丽的传说。那些想要探寻往事与隐秘的人啊，请停下你们匆忙的脚步，将心事沉淀，听一曲来自山间的吟唱。那是莲花盛放的心声，它不愿你侵扰它，你若爱它，请悄悄地来，悄悄地去。你来，与它相见，清湖之水涤荡身心，消除来自红尘的疲惫。它在水一方，纤尘不染，指引你，人间真、善、美永存。爱，永存。

每个人的一生，真实而美好。你所拥有即拥有，失去却不意味着失去。失去是另一种拥有，你要相信。你的失败与伟大，新生与寂灭，犹如花开花谢，简静自持，珍贵永远。

最美是我的一生，亦是你的。

你与我的相遇、错过、回首、追念，是我一生最美的拥有。无论时光流逝多远，你总会在想见的时候见到我，天空、新月、高山、大海……我曾经仰望跋涉的地方，皆留有我凝注与眷恋的目光，我透过它们在看你，一直看着你。

人生若只如初见。

唯愿你的一生，美好如初见。

·今生·

你，我所挚爱的你，幻想中的你。让我将人称置换，从我至你。蓦然想起你，一别多年，你始终在我遐想的笔端。

你，白衣翩跹的你。盘坐于花雨弥漫的山野之间，犹如一株开出生命繁花的树，星辰在你深邃的眼中绽放复而沉落。

你，少年的你。想象你的模样，眉是远山，眼是星辰，嘴角挽起的弧度是天边勾勒的一轮上弦月。风姿高华，在清风流水中飘逸如行云。

"纵令奔月成仙去，且作行云入梦来。"

晴空中掠过一群白鹤，雪白的翅膀犹如此起彼伏的白浪。这一刻，极静极静，仿佛听见了时光流逝的声音。我安然入梦，时光仿佛回到旧日，回到美丽幽静的清水湖畔，风从湖面缓缓吹来，薄暮的霞光渐渐染红天际与碧波。

我从水中看到你沉睡的容颜，是少年人的模样，与我多年的想象毫无二致。你静坐于绽放的莲花之上，长发倾泻，与水相融。你的周身被霞光笼罩，栩栩如生，如一幅被金光打磨的画卷。

千帆过尽。人海寂灭。

无论时光多么远，天空多么远，你永远鲜活地留存在每一个弥足珍贵的瞬间。莲花门隅，措那湖畔，布达拉宫，神山白雪……最美的青海湖。

涅槃。永生。

真实的你是夜阑深处最美的记忆，无人可替代。几世轮回，终不会无休无止，唯独你，值此一生，成为永恒。

你与光同在，成为我的信仰，随生命之河奔波流转。

无论我是韶华正盛的少女，是幽静如兰的成年女子，还是满目疮痍的垂垂老者……无论我游走尘世何方，天涯路远，人莫知之……我身后的山与路皆为我做证，且听风吟，回眸一笑，你是我永生铭记的少年。

若我是莲花，

遗世而独立，

我是凡尘最美的莲花。

若你是莲花，

当你站在佛祖面前，

你就是我的莲花。

后半生・佛缘

岁月，是佛牵手的一朵情花

第一场

念

我一度背离佛，又一度靠近他；

我一度背弃佛，又一度想念他。

人这一生，不过在于一念的惊现与消弭，

为情，为凡尘，为自己。

生命是慈悲

生命是慈悲，无缘最寂灭。

你，回首来路，是否认清了归去的方向。你，看清前路，是否参透了生命的起源。再一次转身与前尘作别，我是罗桑仁钦·仓央嘉措。

我不欲去说这样一个故事，尽管已经沉默多年，跋山涉水，去过很多地方。也许苦难能够促使一个人走向真正属于他的归途，门隅、措那宗、布达拉宫、青海湖……那些聚散离合的地方，成为梦中久远的记忆，化为一场须臾。

是夜短暂，须臾天亮。

现在，一切都归于平静，没有六世达赖这个人，上天赋予他的权柄与意义，随着往事的幻灭而幻灭。战争与罪责、时光与梦想、欲望与福祉，成为一个人界定自身价值的坐标。爱向前，身体向后，退居某个地方，看山清水秀天高地远。

你在看一个人时，觉得他也在看你。他的眼光透过你，看到内心的混沌与疑惑。初时，你觉得是他，再看又觉得不然；初时，你觉得他在看你，再看又觉得不然。缘何？《少室六门·悟性论》言："如来不在此岸，亦不在彼岸，不在中流。"那么，如来在何方？禅说：根本没有如来。归根到底，乃"本来无一物"。如来在何处，如来在一切处，一切皆有如来。

> 苍山空寂，
> 雪野清远。
> 月下有人，
> 湛然平坐。

我离开我自己，换言之，我离开这个混沌空无的天地，寻求心中的"有"。它在静水流深的深处，常、乐、我、净，我"有"故我自在，我"有"故我安定。生之空静，在于幻灭无常。无常的事在众生眼中，皆为有所破绽，而有所破绽，不见得是非颠倒，不见得尘世不美。万象之源，正在于"破绽"。

佛说般若波罗蜜，即非般若波罗蜜，是名般若波罗蜜。

现在，我又要上路了。如果你愿意，请你随我一起，那个故事被人道了无数次，却没有哪一次符合我心中的想象。无妨，你听我说，借由我的眼去看这世间的种种美。黑暗不代表绝望，放弃不意味着失败。如果我们每个人都有一颗向空而生的心，能够在喧嚣纷扰的人世寻得自身的存在，这才是关键。

千千万万的人，你只要认出你自己，足矣。

菩提本非树，
明镜亦非台。
本来无一物，
何处染尘埃？

六祖慧能不识字，却写出"本来无一物，何处染尘埃"。他作过很多诗偈，在我看来，作诗的人心中怀着不明的苦楚与善心，两者相辅相成，正因为苦楚，善心才显出它的纯粹与智慧。这是一种念，首先，善念已经在心中根深蒂固，其次，善念得到行动的追随，与人善，终为人所善。

如果一个人想要成佛，必须坚定成佛的意志，为之付出代价。如果一个无限接近佛的人想放弃成佛的机会，必须坚信自己生而为人的使命，抛弃自我，换言之，不以"我"是"我"而庆幸。

我们每一个活在凡尘的人，因了遭受生命的重击而生出向佛的心，这并非意味着你想成佛，而是以为佛能满足一切、包容一切。现实是，念因不是意志，念因存在，不因你我的存在而存在。念因需要参悟，意志则是后天形成，因为某个内因与外因形成成佛的意志，成佛究竟为何，成佛之后究竟如何，其实并不知晓。

明州大梅法常禅师初次见马祖，问："如何是佛？"马祖回："即心即佛。"禅师当即大悟，返回故居。马祖派遣一位僧徒前去拜见禅师，问："如何是佛？"禅师回："即心即佛。"僧徒说："马祖近日参悟佛法，不谓即心即佛，乃谓非心非佛。"禅师笑道："任汝非心非佛，我自即心即佛。"此话传到马祖耳中，他不由得大笑道："梅子熟矣！""梅子熟矣"说的正是大梅法常禅师开悟。

昨日种种，譬如昨日死。今日种种，譬如今日生。

我记得那时我还是一个幼童，当我得知自己是莲华生大师的转世时，经常梦见他。他是我，又不是我，我心中有惑，求他解惑。

我问大师：我是否是你的转世？

大师回：你是否希望是我的转世？

我又问：那么何时，你带我回去？

大师回：你是你，我是我。你若不愿流连凡尘，自会回去。

我继续问：我从哪里来，要到哪里去？

大师回：世间种种变相，皆有起源。来与去皆是命中定数，不可参度。

我再问：我是否还会再见到你？

大师叹息：你若心中有我，自然会再见。

如今回想起来，一切皆是命数，我成佛或者不成佛，都是命数。有人说，我人生经历的那几段情，是成佛之路必经的情劫，不应被它阻隔求佛的征程。我不以为然地笑了，算至如今，从离开那片神圣的地域至今已近十年，这十年来，我颠沛流离，心从来没有一刻得到安放。

如果有人问我：快乐吗？我的回答是：快乐。我的前半生，耗尽了走完后半生的精力。我的后半生，弥补了前半生没有得到的快乐。外在的艰辛与内在的快乐相比，当然是内在的快乐更重要。

如果你问我，不成佛将成何？如果你又问我，脱掉僧衣的我将去往哪里？我竟不知如何回答。或许最好的解释是，我游走尘世他方，在你看不见的经年完成了圆满的修行。我成佛了吗？没有。那么，我是否还是一个有欲有求的凡人，大概只有时间告诉你答案。

在我没有爱情没有身份的后半生，时光如静水，沉溺其中，如一朵随波逐流的云，飘到哪里便是哪里。其间有过险难，有过困苦，却一一化险为夷。想来是否因为曾经无限接近佛的身份，而得到佛的怜悯呢。

> 人身难得今已得，
> 佛法难闻今已闻。
> 此身不向今生度，
> 更向何处度此身。

人身是我们到达彼岸的渡船。这一年，我三十岁。三十岁的人生该是什么模样，心中不得而知。

我问佛：死亡的定义是什么？

佛说：死亡是生的延伸。我们不应该畏惧死亡，相反，我们应该赞美死亡。没有死，何来生？没有死，何来轮回的周而复始？

我问佛：如何才能留住爱的幻觉？

佛说：爱不是幻觉。如果是幻觉，那也不是爱施与的。要知道，一颗爱人的心有多珍贵。你应该爱众生，而不是爱自己，爱某一个人。

我问佛：失去爱人是否意味着失去了整个人生？

佛说：如果能够经受失去爱人的苦，意味着向深奥的佛法又进了一步。这是得，不是失。爱人不会失去，你可以爱她，必然可以爱他，爱任何人。你如何理解爱情？爱情是镜花水月？你失望了吗？不，佛告诉你，失去爱意味着得到另一种爱，失去爱人意味着人生可以拿得起放得下。你依然可以再爱。

我问佛：如果做错了事，能否得到你的原谅？

佛说：首先，应该求得自我的原谅。如果连自己都不能原谅自己，佛的原谅又有何用？

离开青海湖之后，我开始踏上真正的求佛之路。

缘何求佛，说到底，我还是不够理解这个人世，不够懂得信仰的力量。曾几何时，我以为爱情是我的信仰，可惜，我爱了那么些人，却没有一个人有我一样的决心和意志。她们远离我，因为我"佛"的身份，也因为，她们眼中的我不应该是一个拥有爱情的人。

因为爱情，我放弃了所有，到头来一无所有。我原本应该有的，譬如我的生命，像那些花儿开在经年的阳光灿烂之处，漫山遍野，鸟语花香，我是流浪寻不到家的游子，我的爱情，便是我的家。

孤独是一朵情花。我尝尽了生命所有的伤痛，在人生第一次沉湎之际，我终于明了莲花虽出淤泥而不染，可是莲花也会孤独，也会有顾影自怜的时候。这世上有人记得我吗？我问莲花，也在问自己，莲花不回答，我看着静湖之中的倒影，那饱经风霜的面容，牵起来的嘴角有星辰落海的宁静与破碎。

这就是我。

二十四岁，我离开，背弃一种身份，迎接另一种信仰。

万物息息相关，从可见到不可见，从生至死，从破碎到完整。

三十岁这一年，我一个人跋山涉水，去往不知名的地方。"路漫漫其修远兮"，我将它视作一条求佛路。所谓"求佛"，原不过是求佛缘，当佛缘无法度化一个人的前世时，今生便成了前世的叠影，而情，因了缘的错过显得异常珍贵。

我承认，到目前为止，两年、三年或十年的时光，都没办法改变我自己。我已经看清了来生与去路，未来的十年、几十年，与其说是求佛，不如说是求心。从前，我以为无限地接近佛，是佛教我做人的道理，也是他告诉我："与有情人做快乐事，别问是劫是缘。"而今，佛成了隐遁在身后的一座无字碑，要我自己参度。我一度背离佛，又一度靠近他；我一度背弃佛，又一度想念他……其实人这一生，不过在于一念的惊现与消弭，为情，为凡尘，为自己。

在求佛的路上，我遇到过很多阻碍，如果没有经历过，我会一直以为囚禁是人生最大的痛苦，其实不然。身体受的罪，往往不及心的煎熬更让一个人放弃求生的意志。

我不是一个善良的人，尽管我有一颗怜悯的心。爱我的人何其多，恨我的人亦何其多。我不畏惧，因为，爱我的人都是我爱的人，恨我的人之所以恨我，是因为我伤害了他们。佛说，众生皆有爱。我说，众生皆宽恕。

一个人能否成佛，首先在于，他能否学会宽恕。

相思弦，
尘缘浅，
红尘一梦弹指间。

轮回换，
宿命牵，
回眸看旧缘。

生命在经过一段低沉的潜行期之后开始回忆，尽管我不愿意想，却始终不能忘。无论过去还是现在，我一直避讳曾经的身份，以前没有好好珍惜它，现今利用它求得庇护，多么可笑。我是谁，我依旧执着于这个问题，无数个夜晚静坐在黑暗的天地间，月光若隐若现照亮我的面容，我闭目默想，心酸惘然。

过去与现在，不过几年之别，我却觉得遥远得像是过去了几辈子。我再也不会心心念念少年时代追逐的月亮仙子了，反而更难忘怀曾经想要忘却的自我。

我是谁？我来到这个世间，究竟为了什么？

我问佛：我是谁？

佛说：你是一个肉身，也是一个幻象。你活在一些人的想象里，而真实是什么模样，只有你自知。如果非要问你是谁，你是凡人以为的佛，是佛以为的凡人。

我问佛：我来到这个世间究竟为了什么？

佛说：你带着上天赐予的使命，由佛来指引。如果你终其一生都没有参透，没有关系，下世、下下世，总有一世由你揭开谜底。你只需静心等待，静心修行。

我问佛：如果有一天，我背弃了对你的誓言，是否遭到你的惩罚？

佛说：你向我立誓了吗？我只知道，一个凡人，他向爱情立誓，向欲望立誓，却不会向佛立誓。你知道为什么吗？因为凡人只有凡心，没有佛心。佛心很珍贵，一世也许只有一人得到。如果我问你，我给你一颗佛心，从此以后你就潜心修佛了吗？不会，说到底，你只是不愿承认自己愧对了佛而已。

我问佛：有何办法弥补曾经的过失？

佛说：不必弥补。就当重回人间走一遭，若走错了，从头再来。若走累了，放自己好过，看看沿途的风景，接着上路便是。

我时常想，如若我成佛，现在的我身在何处。是不是还是这般颠沛流离，心得不到宁静。不，不，若我成佛，内心定然安宁无比，也定然快乐无比。佛所感受的快乐是众生皆乐，众生乐，我乐；众生悲，我悲。所以，我依然成不了佛，也依然达不到佛的境界。我有着私心和随时萌生的烦恼，不能求佛指点迷津，只能自我慢慢消解。

"我看着您，我只能跟随着您，别无选择。"

这是一个少年对我说过的话。彼时，我在路上，双目不能视物，双腿不能走动，一个人跌倒在路边。少年看到我，问："您也是去朝圣的吗？"

我抬起头看着他，循着他的视线恍然发现，面朝的方向居然是前半生的住地，拉萨。那里青山妩媚多姿，红日熠熠生辉。我没有说话，默默地看了会儿，转过头望着他。他清澈的眼眸凝视着我，突然笑了，笑容是那么宁静无邪。

他说："我好像在哪里见过您，您的样子让我想起了我的师父。"

我问："你的师父是出家之人？"

那时候的我已经不再是僧人的模样，我蓄起了长发，脸颊的两侧长满凌乱不堪的胡子，看起来像一个历经沧桑的异乡人。很多人觉得，被佛拣选的人生来应与别人不同，但那只是传说。纵然我出生时天降异象，却从来不觉得自己与别人有何不同。

他将我扶起来，靠着一块石头坐下。我原本以为他要给我讲一个故事，但他什么也没有说。过了许久，当我虚弱地合上双眼时，他突然问我："您要见佛祖了吗？"

"或许吧。"我缓缓睁开眼，看着苍灰的天空和淡如风烟的云。在我的眼前，呈现着这样一幅静美的画卷，群山绵延至看不见的远方，天与地被茫茫雾海笼罩，一片迷蒙。光影重叠，变成了记忆中某个人的影子。此情此景，我不觉想起了前半生，时光终止在二十四岁那年。

我在前半生走完了一生，后半生开始另一条路。我时常想，倘若在二十四岁时结束生命，是否就是这一生最好的结局……

佛缘，情缘。我的前半生，因了情的幻灭显得美好珍贵，在佛与情之间，我选择了向情倒戈，一生一世一双人，如是颠簸生世亦无悔。当情随着生命走到末路时，峰回路转，我再一次起死回生。这时候的我，大彻大悟，放下情，放下执着，放下过往，走上一条未知的不归路。它丝毫不逊于情路的坎坷。

我 是 凡 尘 最 美 的 莲 花

　　这看似求佛的路，亦是一段问情的路。而当初问情的那段路，其实与求佛也脱不了干系。佛缘？情缘？究竟哪一个才是我人生的最终归属？

　　我兀自出神，这时少年的话打断了我的沉思。他说："我的师父不是出家人。他曾经出过家，后来又还俗，我是他捡来的孩子，他只有我一个徒弟。师父圆寂了，他说死不可怕，可怕的是垂死之人想着生还。他们留恋人世并不是出于爱，而是出于欲望和心虚。"

　　一个人说，别人比成功，我比永久。我们生于世，不该比谁过得更好，爱情、名誉、财富、地位，一切终成过眼云烟。我们比生命的漫长无边吗？生命再长，也长不过大海，长不过天空，长不过青山岁月。在最美的年华死去未尝不是好的归宿，然而，一个人若不能明了生命终结的意义，他的死只是一场徒劳。

　　我不愿意顶着别人的头衔过活，我选择了情并不意味着背弃向佛的誓言。生死关头，我们每个人都会面临艰难的抉择，有人选择忍辱偷生，有人选择壮烈牺牲，哪一种选择都没有错。而我曾经选择了死，又奇迹般地死里逃生。这说明，我的死不是归期，人在该来时来，在该去时去，抉择命运的机会只有一次，失去了这次机会，今后就应该听天由命。

　　我对少年说："你不必为师父的离去伤悲。诚如他所言，大多数人留恋人世并非出于爱，而是出于欲望和心虚。但是，你不应该就此生出离世之心，你的师父是因为时候到了，他苦了一辈子，就是为了最后的涅槃而生。他没有死，只是去了另一个地方，那里没有疾病，没有灾荒，没有贫穷……你抬起头，看看天，当夜幕降临星辰闪烁时，或许你能看见他，正如他时时刻刻地看着你。"

他说："您能带我走吗？我没有家，没有亲人，就连最亲的师父也离开了我……我不知道去哪里，我一路跟着太阳走，以为可以走到极乐世界。我走了几天几夜，用光了身上的钱，鞋子也磨破了，依然没有走到想去的地方。请您告诉我，世上有没有您说的那个地方，没有疾病，没有灾荒，没有贫穷，人们相亲相爱，我还可以再见到师父。如果有，请您带我去。"

人永远看不破的镜花水月，不过我指间的烟云，世间千年，如我一瞬。

我安慰他说道："自然有，只是需要你自己去寻找。要记住，佛爱苍生，你是佛祖的孩子，要像你的师父一样忍受苦难、忍受这看似没有尽头的人生。只有饱经苦难的人，才会珍惜生命的可贵，才会得到佛祖的赏识。你所走的每一步，受着佛的指引，求佛的路亦是修行的路。"

佛的慈悲，在于众生的信任。佛说，一切众生，皆有佛性，皆堪作佛。如果有一天，这个世界不复存在，我们还可以遥想另一个世界。死不是生的对立面，诚如佛说，死是生的延伸。我们不应该畏惧死亡，相反，我们应该赞美死亡。没有死，何来生？没有死，何来轮回的周而复始？

死亡是花朵，生命只不过是树木。树木的存在是为了花朵，而花朵的存在并不是为了树木。当树木开花，它应该感到快乐，它应该跳舞。

生和死是最深的奥秘。我最终没有带着那个孩子上路，我不想他受我的影响，更不想他重走我人生的轨迹。冥冥之中，我总是觉得给别人希望越多，失望就越多。正如我在别人心中投入的感情越深，阴影就越深。我这一生，没有家人，没有伴侣，没有兄弟，也没有可以一同上路的伙伴。我总是孑然一身，风尘仆仆而来，风尘仆仆而去。

相濡以沫，不如相忘于江湖。我宁可从来不曾与人相濡以沫，但愿我们从此相忘于江湖。

我与岁月立下赌约，倘若这一生还能重拾曾经的信仰，那就让岁月见证：从无到有，从有到无，失去爱情和地位的仓央嘉措，依然可以笑看风云起落、人世兴衰，依然可以背负万丈尘寰，踏碎这场普天之外的盛世烟花。

世界无边尘扰扰，

众生无数业茫茫，

爱河无底浪滔滔，

是故我名无尽意。

第二场

尘

过去的冥想是为了现在的觉悟，

现在的觉悟是为了未来的救赎。

而未来的救赎，是为了看到一个不被红尘倾倒的世界。

盛开只是一种过去

凋谢是真实的，盛开只是一种过去。

"如果用一种方式去实现一个人的追求，那就是无欲无求。"

这句话在我三十七岁这年，体会得尤为深刻。"凋谢是真实的，盛开只是一种过去。"我念着这句话，至今仍记得，七岁那年溺水，死亡的边缘很美，水流吞没视线，我看到一片模糊的白，以为天空下雪了。那一年，还是措那湖畔少年郎的我拥有着人世间最美丽的时光，遥想那一世的花开，必定绚丽如朝霞。

最接近死亡的那一刻，不是端坐在布达拉宫，也不是停驻在青海湖边，而是少年，枯萎了爱情，必定枯萎了人生。我的少年时期很早就结束了，越是美丽越是短暂。五岁时，我离开家乡。七岁时，我差一点死去。十岁时，我对自己说，永远不要为曾经的自己流泪。十三岁那年，我遇见了我的爱情，人生若只如初见。

十五岁，我成为布达拉宫的新主人，六世达赖喇嘛——罗桑仁钦·仓央嘉措。

命运的仪轨在你我看不见的地方转动，之后的那些年，是漫长无边的寂寥。常常一个人喝醉至天亮，恍惚不知何年、何月……再后来，邂逅那几段美好纯真的情，我懵懵懂懂地闯进了别人的世界，有些人走进我的内心，有些人走出去。我做了一个虚无缥缈的梦，叹红尘，笑人生。我的人生没什么大不了，我对自己说："所谓人生，取决于你遇见了谁，爱上了谁。你不过是个俗人。"

你我一样，都不过是个俗人。

现在，我老了，过了而立之年，觉得心在慢慢苍老。以至，我有着看似永远年轻的面容，却有着一颗千疮百孔的心。我历经沧桑，再也看不透这个人世，也许很多人和我有过相似的经历：爱上一些人，被一些人爱；放弃一些人，被一些人抛弃。你在谈天说地时，心中是否感伤：你说别人，其实说的是自己。你不能原谅的人，其实是你自己。

我始终不能原谅自己，以至不能忘记过去。如果一个人对过去念念不忘，他就不能走向明日的人生。太阳在前方，照耀眼，照耀身，照耀心，唯独照不见过去。行路难，难于上青天，每一个求佛的旅人，向着东方太阳升起的方向朝拜，我却与众人背道而驰，独对夕阳，默想此生。

北方花开，

南方花谢。

照见彼身，

心见如来。

很久以前，我们生活的这片雪域高原荒无人烟，大地上住着两个生灵，一个是女罗刹，另一个是即将成佛的灵猿。那时人还没有出现，生灵稀少，日渐相处中，罗刹爱上了灵猿。罗刹告诉灵猿，如果他不管她的爱只顾自己，即使他成了佛，她也要变成最凶恶的厉鬼对付日后的生灵，成为灵猿永远的死敌。除非，灵猿娶她。在修成正果和娶罗刹之间，灵猿苦思了三天三夜。他想问佛祖，可佛祖自从人间涅槃之后就去了地狱，灵猿知道，自己也应该去地狱。于是，他娶了罗刹，繁衍造就了极善和极恶交织的生灵，人类。

灵猿和罗刹成亲的那一夜，灵猿哭了，因为正果不复存在。罗刹也哭了，因为爱必须迁就对方，她再也不能为所欲为了。成亲后，灵猿一心一意对待妻子，真的爱上了罗刹，而罗刹早就在爱中无力自拔。罗刹最后修成了菩萨，如果只有佛，只有罗刹，哪儿能有什么人在红尘间挣扎徘徊呢？

三十三岁，我一个人重返西藏，在这之前，我曾经秘密回去过一次。我不欲去说多年前的经历，那是一趟险象环生的冒险之路。我只是放不下，想回西藏，看一看蓝天，看一看青山白雪。

我听过最美的情话是："绿水无忧，因风皱面。青山不老，为雪白头。"

青山依旧在，几度夕阳红。我仰望昔日的神山，布达拉宫依然恢宏如神殿，它隐藏在旭日的背后，离我那么远。当太阳成为一个人的信仰时，意味着他此生追寻的光明永远漫无边际。

一个人由生至死，由凡人度化成佛，要经历数不清的磨难。他是否相信自己有能力历经千劫，岿然不动？运气不是实力，而是造化。当初我能安然无恙地逃脱拉藏汗的追捕，是因了我的造化。如今，我能够秘密入藏，欣赏红日神山优美壮丽的风姿，亦是"造化"。

皑皑白雪覆盖的神山静谧多姿，苍茫大地看似无穷无尽，清明如水的夜色中扬起一片雪雾，迷蒙了双眼。面对眼前如梦似幻的景象，我心中陡然升起一股从深渊中浮起的错觉，时间久了，以为身处雪深山清的家乡。从洪荒伊始至地老天荒，仿佛一切从未改变，天还是那么明朗的天，人还是那么逍遥的人，这一切不禁让人觉得，人生恍然如梦。

"生亦空，死亦空，生死之外尘世空，一切如空。"

那一年，我一个人攀登高峰，口中默念六字真言。吐蕃国王赤松德赞即位时，请擅长密教咒术的莲华生大师入藏，传授密法。

莲华生大师在入藏的途中，遇到许多妖魔鬼怪，他们阻挡莲华生大师进藏。当他第一次遇到一条喷出毒焰的火龙时，毫不畏惧，口诵六字真言："唵、嘛、呢、叭、咪、吽。"火龙当即缩小为五寸的小蜥蜴，皈依莲华生大师。等到大师途经香波时，又碰到化身为白牛的恶煞，鼻孔呼气，天地即刻大变，狂风骤雨突起。莲华生大师不慌不忙，口诵密咒，恶煞全身立即被绳索缚住，动弹不得。另一恶煞化身为老人，头戴猴皮冠，使邪术搬弄刀枪箭矢，箭如雨下。莲华生大师摇身一变，显现忿怒金刚相，化箭雨为万朵天花，飘落地面。恶煞吓得不知所措，旋即率领群魔皈依莲华生大师。

我曾经途经莲华生大师修行的禅洞，抚摸洞壁上斑驳不堪的纹路。据说莲华生大师是乌仗那国的王子，他的父亲是印度密教金刚乘的创始人。莲华生大师自小耳濡目染，修习密教佛法，修为高深。

至今想来，我是莲华生大师转世的传言虽然带着传奇的色彩，却不失为一种让人生出信仰的预言。若我的前世是莲华生大师，我应该依循他的足迹，踏遍天下，传扬佛法。我应该度化世人，使他们免遭罪责与苦难。我更应该先天下人之忧而忧，先天下人之苦而苦，而不是只想着自己的快乐。

过去的冥想是为了现在的觉悟，现在的觉悟是为了未来的救赎。而未来的救赎，是为了看到一个不被红尘倾倒的世界。

红尘多纷扰，
痴情多可笑。

红尘多烦恼，
多情多自扰。

红尘多逍遥，
无情多骄傲。

红尘多缥缈，
情灭多寂寥。

一个人说，自古以来，那些惜别以花期为诺的男女，似乎都是错过。因过而错，因错而过。

因过而错，因错而过。爱以不得为美。曾几何时，我也为爱而不得哀伤，甚至想过逃离，结束这无爱无欲的人生。可是某一天我悟出了一句话："如果用一种方式去实现一个人的追求，那就是无欲无求。"

我三十七岁，茫茫人世悲喜无尽，了断尘缘，安度此生。这就是我，一个无欲无求的我，一个无喜无悲的我。

我问佛：如何忘却那些不该有的幻想？

佛说：菩提萨埵，依般若波罗蜜多故，心无挂碍。无挂碍故，无有恐怖，远离颠倒梦想，究竟涅槃。

我问佛：一个人如果想要重生，最应该做的是什么？

佛说：最应该做的是重新走一遍前生，如此才能彻底地放下。否则，刻意地遗忘只是在提醒自己不要忘记，那么，即便是重生也不过是在重复过去的人生。

我问佛：执着是什么？

佛说：执着如渊，是渐入死亡的沿线。执着如尘，是徒劳的无功而返。执着如泪，是滴入心中的破碎，破碎而飞散。

我问佛：如何才能放下曾经的执着？

佛说：勘破，放下，自在。

如果还有力气，我希望活成一个顶天立地的人，有最遥不可及的梦想和最低入尘埃的心。如果可以，就让我做一只破空刺鸣的荆棘鸟，一生最美丽的飞翔是为了死亡，置之死地而后生，至少，它也有过一次自由的歌唱。

佛说，人总是放不下执着的虚无的东西，以为那是梦想，其实那是贪念。

佛有梦想吗？在度化成佛之前，他的梦想就是求佛，但这并不是贪念。譬如我，譬如你，我们都有过贪念，贪念可以原谅，正如罪孽也可以宽恕。我用爱宽恕你的罪，我用仁慈赦免你的贪念。如果你用一双勤劳的手、一颗智慧的心去实现梦想，成佛还是成魔，都不应阻挡。重要的是，你能承受这一意孤行的后果吗？

我是凡尘最美的莲花

成佛，就要为众生受苦。成魔，就要为自己受苦。如果你说，是，无论后果如何，我都甘愿承受。那么，没有人可以阻挡你，佛也不能。

> 有情水下种，
> 因地果还生。
> 无情亦无种，
> 无性亦无生。

曾经一段漫长的囚徒生涯，使我悟出了一个道理，那就是，人应当懂得忍生。活着，才是一种高于信仰的境界，活出境界，才能活出自我。

云门垂语曰："十五日前不问汝，十五日以后道将一句来。"
自代云："日日是好日。"
云门禅师问僧徒："我不问你们十五月圆之前如何，我只问十五日之后如何？"僧徒尚未回答，云门禅师代答道："日日是好日。"

释慧开专为云门禅师的这句"日日是好日"作了一首偈语。

> 春有百花秋有月，
> 夏有凉风冬有雪。
> 若无闲事挂心头，
> 便是人间好时节。

人之一生，有太多的无奈苦楚。佛说人有八苦：生苦、老苦、病苦、死苦、爱别离苦、怨憎会苦、求不得苦、五阴炽盛苦。前四苦是生而为人无法控制的"苦"，后四苦皆是人心所致。昔日赵州问南泉和尚："如何是道？"赵州说："平常心是道。"拥有一颗平常心，是否就能少受一些苦呢？换言之，云门禅师的"日日是好日"是否就是教导世人保持一颗平常心？

我曾经被拘禁于一个偏远的地方，名达孜宗。达孜，藏语意为"虎峰"，位于拉萨河中游，格鲁派六大寺之首甘丹寺便建在这里。我被关在达孜宗山顶的一间屋子达十数日，抓我的人便是我的政敌，西藏政权的掌权者拉藏汗。在我从青海湖逃亡之际，拉藏汗一直派人秘密追踪我，我是他的眼中钉、肉中刺，存在一日就意味着他对西藏的统治一日不得稳固。故无论如何，他都要置我于死地。

这一次拘禁与当年重兵包围布达拉宫时的拘禁不同，那时候毕竟还是住在熟悉的地方，只要关上门，就可以与外面的世界隔绝。而这次，上天不再眷顾我，他们抓到我，将我关起来。拉藏汗怕我逃脱，派重兵驻守。起初，他们并没有对我怎么样，或许是震慑于我曾经的身份，这些彪悍威猛的蒙古兵只是虎视眈眈地盯着我，没有做什么过分的举动。日子久了，他们开始感到不安和躁动，于是，我成了真正的笼中鸟。他们不给我食物和水，天气寒冷，我冷得浑身发抖，一日比一日虚弱，终于病倒了。

在我病倒的这段日子，没有人来看过我，更妄论给我送药。他们是想这样折磨我至死吗？我不知道，我只知道，那时候的求生意志比曾经的求死意志更强烈。我凿穿墙壁，渴望见到阳光，更渴望清晨的朝露滋润我干枯的嘴唇。我的双手因为过分用力而残破不堪，指甲里满是碎石，断裂的碎指甲扎进血肉，因为长时间缺水，我失去了力气，只得伏在地上吮吸着尚未干涸的血液。我含着受伤的手指，亦如握住即将流逝的光阴，那是我想挽回却挽回不了的时光，我逝去的生命。

天光渐灭，佛塔上的铃声不绝于耳，我看到一种花，曼殊沙华，唯一盛开在冥界的花，被称作"恶魔的温柔"。

相传它是自愿投入地狱的花，众魔不待见，将它遣回，它仍徘徊在黄泉路上。众魔不忍，于是任它留下，接引离开凡间往生的灵魂。从此，世间多出一种超出三界之外不在五行之中的花，它生于弱水彼岸，叶生无花，花开无叶，绚烂绯红。佛说，那是彼岸花。

"尔时世尊，四众围绕，供养恭敬，尊重赞叹，为诸菩萨说大乘经，名无量义教菩萨法佛所护念。佛说此经已，结跏趺坐。入于无量义处三昧，身心不动。是时，天雨曼陀罗华，摩诃曼陀罗华，曼殊沙华，摩诃曼殊沙华，而散佛上及诸大众。"

后来，我被押赴拉萨，十二名士兵于前后左右将我牢牢看守，我跟着他们去往那个魂萦梦牵的地方。无论离开多远，我的心依然遗落在那个地方，否则，这么多年怎么会一而再，再而三地冒着生命危险悄悄返回呢。

我曾执着于我是清湖的一朵莲花，无论是年少时期留驻的措那湖，还是年轻时候涅槃而生的青海湖，终归不是我要沉寂的地方。两死、两生，佛不语，我也知他的用意，是他拯救了我，是他告诉我："你的命数未尽，青海湖不是你人生终结的地方。你还有更远的路要走，荒漠、高原、大海、梵天之境……你要留存的足迹将会遍布整个大地。你的死，是为了你的生，而你的生，是为了众生。"

"我的死，是为了生。我的生，是为了众生。"

我问佛：如果死能够成全人的生，是否死比生更伟大？

佛说：生死轮回，生亦死，死亦生。不存在谁比谁更伟大，生比死更智慧，死比生更玄妙。

我问佛：佛爱众生，众生是什么？

佛说：众生是这个颠簸苦难的世界。佛爱众生，众生就是佛的信仰，正如情是你的信仰。

我问佛：佛的信仰与人的信仰，有何区别？

佛说：佛的信仰源于佛的悲悯之心，人的信仰源于人的空虚之心。人的信仰会幻灭，佛的信仰不会。

我问佛：我的死，是不是意味着生？

佛说：你的死，是为了生。你的生，是为了众生。

我还是活了下来，再一次逃脱拉藏汗的追捕。我将它视作我的命运，这世间，任何人都不能够决定我的生死。

你问为什么？曾经是六世达赖喇嘛的我，不求佛缘只求情缘，不求生只求死。等到死里逃生，做回平凡人，又重新开始惜命，甘于遁迹，游荡人世……为什么？我厌倦人生吗？不，有情有爱的人生我不厌倦，无情无爱的人生容不得我厌倦。我死，是为了求解脱，我生，同样是为了求解脱。

我回到拉萨，那个给我带来困苦与欢乐的地方。当我还是一个孩子，遥想过拉萨的美丽和辉煌，且歌且行，我看到一生最壮丽的风景。后来，我成年了，几次离开，几次归来，眼中的美景始终如一，看风景的人心境却变了，我的心遗落在了另一个地方，一个有山，有水，有花，有树，有月光的地方。

我看着那些朝圣的人，他们自诩虔诚的佛徒，他们不敢做佛的孩子，当佛的信徒也是一种至高的荣耀。转山、转水、转佛塔，我看着信徒光着上身，身背佛盒，双手合十高举头顶，双膝跪地，行"五体投地"跪拜礼。这就是磕"等身头"，以身体丈量地，一尺一尺，环绕寺庙，一边手摇经轮，一边口诵六字真言，首尾相连地绕行。

如果你不是信徒，你会认为这是非常折磨人的苦行，他们却乐在其中。双手合十置于头顶，然后将手印置于喉际，再置于心际，接着散印，俯身双手着地，向前平伸推出，五体均着地，再合掌置于头顶，最后起身站立。如此循环。

在西藏，无论是拉萨还是边远的山区，随处可见信徒在佛像和寺庙前磕着"等身头"，他们将身体紧紧地贴在地上，有的三步一匍匐，有的在耳边放上一堆石子，每磕一个长头便拨过一粒石子。

佛音绵绵，香烟袅袅，我于晨曦中闭目默诵六字真言。酥油灯的火光照亮了看不见的归途，是谁点燃了风中的一盏灯，指引我去往天涯海角。

昨日是今日的幻境，今日又是明日的幻境，看着对岸青山肃穆的轮廓，念及江水东逝，而时光不再。白驹过隙，被岁月覆盖的过往铸成一抹哀伤，而被岁月覆盖的花开，是我指尖始终握不住的风华。

原来，时间酿成了一场生生不离的错，一切恍如白驹过隙，终成为不负如来不负卿的空白。

一花一世界，
一木一浮生，
一草一天堂，
一叶一如来。

我 是 凡 尘 最 美 的 莲 花

一砂一极乐，

一方一净土，

一笑一尘缘，

一念一清静。

第三场

愿

佛说，缘是用心感知，用一生感化。

我的佛缘就是情缘，我的情缘，就是佛缘。

缘，妙不可言

十二念为一瞬，二十瞬为一弹指，刹那为无限。

四十岁的时候，我想去看海。我想看一眼海的模样，是否与天相接，我更想看一眼海中莲绽放，是否开出一个闭目微笑的莲花王子。

少年时代，我对自己说："我自是年少，韶华倾负。"而今，我却懂得，"风华是一指流沙，苍老是一段年华"。想来这就是岁月的贡献，改变了一个人站立世间的风姿，也改变了他对身处世间的看法。

岁月不饶人，岁月却也惜人。我老了，相比曾经日月为之失色的容颜，我更爱这张饱经风霜的脸。你问我为什么，因为风霜足以掩盖一个人的痛，无论笑或是悲，在别人的眼中，他总是无比地坚强。

少年时代，爱太过盛，如今却要失了爱人的心。

我是天空下的孩子，我对天空流泪不是因为缺失了信仰，而是因为信仰让我觉得孤独。假如明天末日来临，人生恍如初见，你带不走我，却想要与我一世纠缠。骨血转瞬化为泡沫纷飞，星辰落入海洋幻化为泪，每一滴都是眉眼之间挥散不去的忧愁。

"也许是前世的因，也许是来生的缘，错在今生相见，徒增一段无果的恩怨。"

我是天地间无家可归的人，是女子心间一道磨灭不去的伤口。雪花纷飞，我独立人世，怀着抚平无数伤口的赤诚之心，出现在你的面前。

> 若实无实法，
> 皆不住心前。
> 彼时无余相，
> 无缘最寂灭。

所谓缘，本就是前世的错过，今生的追忆，来世的相守。本就是一个无法自圆其说的梦，梦回幽夜，我不忆前世，不慕来生，只待今生与有缘人相见。

佛叫我忘却夜空漫天星辰，十年并不比一生短暂，一生也不比十年漫长，下一瞬是灯火阑珊，再下一瞬是灰飞烟灭……如果说，拥有一颗骄傲的心就意味着拥有全世界，那么，拥有一颗谦卑的心是不是注定会被这个世界遗忘？

爱，从来都不稀罕说出口。爱，从来都是一转身，眼中出现那个人回眸凝望的身影。

我问佛：为何不给所有女子闭月羞花的容颜？

佛说：那只是昙花的一现，用来蒙蔽世俗的眼。没有什么美可以抵得过一颗纯净仁爱的心，我把它赐给每一个女子，可有人让它蒙上了灰。

我问佛：世间为何有那么多遗憾？

佛说：这是一个娑婆世界，娑婆既遗憾，没有遗憾，给你再多幸福也不会体会快乐。

我问佛：如何让心不再感到孤单？

佛说：每一颗心生来就是孤单而残缺的，多数带着这种残缺度过一生，只因与能使它圆满的另一半相遇时，不是疏忽错过就是已失去拥有它的资格。

我问佛：如果遇到可以爱的人，却又怕不能把握该如何？

佛说：留人间多少爱，迎浮世千重变。与有情人做快乐事，别问是劫是缘。

摩诃迦叶，本名毕钵罗耶那，意为"树下生"。因他在树下降生，故得此名。摩诃迦叶生长在一个富裕的贵族家庭，自小锦衣玉食，过着闲适的贵公子生活。摩诃迦叶比佛陀晚出生十多年，自小聪慧，厌恶世间一切欲乐。他唯一感兴趣的是修道，年岁渐长后，父母为他操办婚事，他用了很多办法推拒，但终是拗不过父母，娶了美丽贤惠的妙贤为妻。

新婚之夜，两人在沉默中度过。摩诃迦叶见妙贤愁眉不展，暗自垂泪，忍不住问道："你为什么伤心？"

妙贤沉吟半晌，说："我本来一心修道，被父母逼迫与你成婚，这不是与自己的意愿相背吗？"

摩诃迦叶听了后喜出望外，因为他和她有着同样的追求，有着同样不得已的苦衷。他把自己的心愿说给妙贤听，两个人约定："我若眠时汝当经行，汝若眠时我当经行。"于是，两个人互相敦促扶持，成就彼此的道业。

在摩诃迦叶的心中，俗世爱欲不能够助自己今生取得圆满，他要做的是完成修行的觉悟。摩诃迦叶与妙贤少欲而慕道，深知法喜超越世俗之乐，他们向父母隐瞒真实的想法，假扮夫妻，如此就是十二年。十二年后，摩诃迦叶的父母相继离世，摩诃迦叶决定远行。他对妙贤说："我离开是为了寻找明师，我若寻到便回来接你。"

在这之前，摩诃迦叶已经向妙贤做过一次告别。第一次是作为一个丈夫对妻子的告别，今生他们有缘结为夫妻，但只是夫妻之名。摩诃迦叶对妙贤说："我不和你结夫妻的缘，但我与你允同修梵行的诺。我若遇见明师，必记挂你仍在红尘漂泊，我若得度，一定回来度你。"

摩诃迦叶向妙贤作别，功夫不负有心人，他遇见了佛陀，于佛座前剃度出家。摩诃迦叶与妙贤有着前世的因缘，前世的妙贤是一名贫苦无依的女子，为了修补佛像，乞讨度日，筹得金珠。彼时，摩诃迦叶是锻金师，两人合力将佛像修补完善，并发誓：两人结为夫妻，身为金色。后来，摩诃迦叶被父母逼婚，他发难说："造一尊金像，若有女子像它，我便娶她。"未料，妙贤竟然和金像长得一模一样。

命中注定的相遇，必然有因缘。摩诃迦叶剃度出家后，恳请佛陀收妙贤为徒。佛陀准许女众出家，并设立比丘尼教团。四年的分离，彼时相见，妙贤早已为求法疏散家财，摩诃迦叶引妙贤入教，妙贤却因出众的长相饱受争议。多数人不相信妙贤潜心修道，更不相信俗世中的夫妻能做教友。

妙贤为了明志，不再出外托钵。摩诃迦叶听说后，心中怜悯，便将自己的食物分给妙贤。这样一来，更多的僧徒认为他们两个人依然存有夫妻之情。为了让妙贤安心修行，摩诃迦叶默默地离开，从此不再和妙贤来往。他没有向众人解释，也没有将真实的想法告诉妙贤，他就这样沉默地走了，再也没有回头。

自此，曾经有过夫妻名分和同修因缘的两个人，在一次次的告别中放下过往，潜心修行，终于大彻大悟。摩诃迦叶成为西天始祖，功德圆满。

由此可见，缘不见得出于爱欲，也不见得非要有所回报。难道摩诃迦叶不爱妙贤吗？摩诃迦叶爱妙贤，但不是出自欲望的爱。有欲望的爱固然圆满，无欲望的爱也不失为爱。昔日，我苦苦执迷情欲深海，对爱情的理解只是一厢情愿。我认为我爱别人，别人也应爱我，那些消逝如烟花的女子，没有深爱过我吗？明明深爱，又为何轻易放弃？我可以要凡尘不要身份，要爱情不要人生，为何她们不可以？我难过、忧愁，甚至为此失去了活下去的勇气。要爱情不要人生，当初的我信誓旦旦，结果换得了什么呢？永远的拘禁，永远的爱而不得，永远的流浪无归期。

可是，我并不会因此失去爱人的心。如果重来一回，我依然会爱她们，也依然渴望她们爱我。我是缺爱的孩子，是无家可归的少年，我的人生不是自己创造的，我没有资格和她们共享人世情爱，共赴天上人间。而今，当我回首往事，知爱已不再，却可以微笑着流泪，微笑着叹息释怀：那个你看到的为情执迷徘徊的仓央嘉措远走了，取而代之的是另一个人的模样。他失去了爱情，皈依了佛，却依旧为爱流泪，依旧相信有来生，因缘轮回。

若能不见，遇不见，等不见，望不见，便释怀这场奈何禅，但将无怨，作无缘。

> 汝负我命，
> 我还汝债，
> 以是因缘，
> 经百千劫常在生死。

> 汝爱我心，
> 我怜汝色，
> 以是因缘，
> 经百千劫常在缠缚。

这就是我们停留的世间，至美与至痛并存。我们经历缘起，也经历缘灭。我们经历初见，也经历告别。有生之年，我学会了用一双悲悯的眼看世人，用一颗感恩的心爱世人。普度众生，我的身体迅速倒退，时光穿透指缝，穿透风雨，霓虹之下，我对佛祈祷。

佛说，要有悲，于是便有悲。

我说，要有爱，于是便有爱。

看似尊荣高贵的生命终结在二十四岁，二十年后，不惑之年的我才懂得了生命于己、于彼的意义。二十年后，我才真正地长大。可叹，可叹。

我应该去奈何桥走一回，忘了那些过往，等待有缘之人引度我回家。四十二岁，我回到了青海湖，涅槃而生的地方，我生命深处的归宿。

青海湖，依旧素如行云，也依旧美如昭雪。光阴似流水杳然远去，再一次来到这里，是全然不一样的心境。我默想当年，一身白衣，面向清湖无声站立。眼前是一幅至美至幻的图景，白鹤悠悠掠过湖面，直向天际，日光涌动如清泉，白云袅袅，如烟似雾。风轻轻地吹动我翻飞的衣袂，一道一道白浪搭成优美的线条，延伸至碧澄清朗的天空……一种从未有过的温情在我的心中悄悄漫延，即使面对着死，也从未有这一刻宁静悠远。

我站在此岸，注视着彼岸，亦如我在此生，注视着往生。我与我的过去，记忆的阴影慢慢交叠，那么契合美好……然而咫尺，已成天涯。

是谁说过，生命的起与落，相交，延伸，愈行愈远。犹如两片行云，在某个特定的位置相交、汇聚，彼此拥抱，用对方的体温温暖自己的灵魂，然后擦肩而过，劳燕分飞。以后呢？没有人看得透隐匿的未来。

我对一个美丽的姑娘说："我有过爱，又失去。我有过恨，又放下。佛要我忘掉过去，重新再活一次，我却想我可以怀抱黑暗的过去走进光明的未来。我珍惜每一个美好的瞬间，也不会忘记那些痛苦的时刻……"

她说："你定然是一个有故事的人。"

我与她的缘是一次相问。她问我："你从哪里来，要到哪里去？"

我一时怔住。"我从哪里来，要到哪里去……"我无声喃喃。曾几何时，也有人这样问过我，我的回答是："从该来之处来，到该去之处去。"

她笑了。我恍然，原来我已不知不觉将这句话说出口。看着她宁静美丽的侧颜，我想起了远去的爱人，达娃卓玛，她也经常问我类似的问题。她说："我的家乡是一座王城，建过六座王宫，共有十二位国君埋葬在那里。"她问我："你去过我的家乡吗？"

　　我摇了摇头。但是我知道她的家乡，琼结，青山蓝天，故城白雪，一切美如仙境。我还知道琼结是五世达赖喇嘛的故地，我更知道，那个美丽如雪的地方住着我的爱人，达娃卓玛。她是不是已经回到了那片与世隔绝的地方，做着悠游自在的梦？是不是已经忘却前尘，嫁给一个平凡的男子，生儿育女，安稳度日？如今再想这些已然无用，注定有缘无分，注定爱恨成空。我想她是恨我的吧，没有恨，何来爱呢？我宁可她恨我，也总比忘了我好。我宁可我们从来不曾相遇，也好过爱过之后空惆怅。

　　渺渺时空，茫茫人海，与你相遇，莫失莫忘。

　　恍惚中，时光停滞，岁月静好，宛如许多年前。多年之前，我还是少年人，我有佛心，也有凡心。多年之后，我已苍老，不失凡心，但求佛心。这就是我，一个在漫漫时光中成长的我，一个在滚滚红尘中了悟的我。

　　相逢一醉是前缘。而今，又有一位姑娘问我相同的问题："你去过我的家乡吗？它叫作琼结。"

　　"去过。"我说，"它很美，落日辉煌，天空晴朗……它是我见过的最美丽的地方。"

　　达娃卓玛，你是否知道，我在思念你？
　　达娃卓玛，你是否知道，人最难做到的是太上忘情？

　　姑娘走了，她说她要去找她的爱人。天涯路远，一别是一生。

她轻轻地挥一挥衣袖，我凝望着她远去的背影，了然一笑。经历过许多美丽的爱情，却从未亲眼见证过别人的爱情。诺桑王子与云卓仙女的爱情是投入水中的影子，依稀可见一对身形相依的恋人，白衣飘飘，宛如神仙眷侣。其实最美的爱情不是两情相悦，而是一个在天涯，一个在海角，一个在追逐，一个在等待。

我在青海湖看山巅仙鹤湖底白莲，看天边行云慢慢远去，看水中倒影渐渐地消逝。那些分离的爱人再度重逢，那些悲伤的面容再度展露笑颜，一切就在我的心中，从未离开，从未改变。

我问佛：何谓"缘"？

佛说：缘来则去，缘聚则散，缘起则生，缘落则灭。凡事太尽，则缘分势必早尽。

我问佛：如何才能得到"缘"？

佛说：有缘千里来相会，无缘对面不相识。缘是用心感知，用一生感化。

我问佛："缘"是求来的吗？

佛说：缘不是求来的，因缘因缘，有因才有缘。

我问佛：爱和缘，如何看待两者？

佛说：爱是缘，无爱也是缘。

那些贪嗔爱痴、拈花微笑，如今终了然于心。缘是心中不灭的圣火，爱是缘，无爱也是缘。你可以不相信爱情，但是不能不信因缘。

"前世的五百次回眸，换来今生的擦肩而过。我在佛前苦等百年，只为求你这一世的告别。"

爱人苦，不爱更苦。求缘苦，不求更苦。我四十六岁时，再次梦见莲华生大师，他依旧是我年少时见到的模样。

我问大师："您还记得我吗？"

大师说："自然记得，你是我的转生。"

我说："我是您的转生，隔了四十年的光阴再见到您，您是否觉得我们有缘？"

大师说："确实有缘。对你而言，值此之际，我们两次相见。你却不知，从你出生伊始，我一直关注你，对我来说，已经不是第二次见你了。"

我问："那么大师，您如何看我？"

这一次，我所见到的莲华生大师和初次见到的不太一样，他似想起了什么，微微一笑，说："我的转生不只有你，你却是最像我的一个。你知道吗，我见到你的第一眼，以为见到了年少的自己。可惜，我与你终究有别。我是一个一心求佛的人，红尘情苦，对我而言是一场幻梦，不如不想。我与这凡世唯一的牵绊就是佛，在我而言，一切缘都是劫，与其参悟，不如看透。可是你不一样，你明明生一尊佛身，却有一颗凡心，了断生死亦无悔。我敬佩你的勇气，但也为你可惜。自古以来，成佛者不能成全爱，纵有上天眷顾，到头来也是人我两空。"

我说："我不觉得可惜，路是自己选的，成佛也好，成魔也罢，都是自己的路。我只是遗憾，成为您的转生却不能继承您的宏愿，想来，真是佛祖错爱了我。"

莲华生大师摇摇头，说："迷途知返，你还可以从头再来。"

我低下头，叹息道："佛说，与有情人做快乐事，别问是劫是缘。无论是劫还是缘，总要度过去。"

无论是劫是缘，总要度过去。

时光流转，白驹过隙，我已四十八岁。与外界隔绝太久，竟不知今夕是何年。

"人有悲欢离合，月有阴晴圆缺，此事古难全。但愿人长久，千里共婵娟。"我望着夜空的雪白圆月，不知不觉低吟出声。

"你是无家可归的浪子，是寄居异乡的旅人，现在的你，该何去何从？"

我问自己，该何去何从。月亮在天上，我在地上，我仰望高高在上的它，它俯视卑微孤单的我。人月相望，隔着光年的距离，光阴似水流年，这一生，就是在无数个清冷幽静的黑夜中漫漫度过，月光照无眠。

平生至乐在何处，
平生至爱是何人。
一醉千杯君莫问，
欲说难说暗伤神。

许久没有喝酒了，犹记得深居在布达拉宫的日子，无论是被自己人幽禁，还是被敌人幽禁，都是一样沉醉蒙眬地过。没什么可放在心上的，我对自己说，得过且过，不出门不知天下事，可是出了那道门，天下事都变成我的事。回想被幽禁的日子，虽然孤单沉闷，可毕竟是自己的人生，在一方狭小封闭的天地，天是抬眼的穹顶，地是脚下的砖石，做一个顶天立地的人，远远高于做一个安居高堂庙宇之上的王。

从少年至成年，从一个懵懂无知的少年佛爷成为一个云游四方的行僧，这一路，我始终脱不掉身上的僧衣。过去是为别人，现在是为自己。过去，是为了眼中那个虚无的"佛"的身份，而今，是为了心中实实在在的"佛"的象征。从今天起，做一个不忘情缘不拒佛缘的人，无爱无恨，无悲无喜。

了却君王天下事，赢得生前身后名，可怜白发生。

人为理想，理想之大，如家国，理想之小，如温饱。无论是哪一种，都无高低贵贱之分。我曾是一座城池的王，是雪域高原的佛爷，是黎明苍生的寄托。倘若这一生还有什么值得骄傲和追忆，浪漫情爱太缥缈，个人理想太单薄，也只有这份不灭的千万人依存的信仰——我是每一个人的佛。

月影西斜，天空透出隐约的灰，远处的寺庙传来古朴深远的钟声，回荡在空气中，惊起一群南飞的候鸟。树梢投在窗户上的剪影，像姑娘临窗望月的窈窕身影，夜空中的云影缓缓西移，时而交会，时而分开，在月色的映衬下薄如轻烟。

秋天的夜空，悠远辽阔，天上闪烁着明亮的星辰，一颗一颗，向北方延伸。我以为我不相信命运，却无端地相信星相。北斗七星，天枢、天璇、天玑、天权、玉衡、开阳、摇光，一颗连着一颗，清晰可见。天枢、天璇、天玑、天权组成斗身，曰"魁"；玉衡、开阳、摇光组成斗柄，曰"杓"。斗柄指东，天下皆春；斗柄指南，天下皆夏；斗柄指西，天下皆秋；斗柄指北，天下皆冬。而今，我见斗柄偏向西北的方向，一条银色的光带横空划过，那是旧日的时光遗落的痕迹。

是谁在岁月里深深叹息，握住苍老，禁锢了时空，一下子到了天荒地老。明日之后还有明日，月亮的落幕是为了太阳的升起。做一场梦中之梦，执起酒杯，与天空对饮，扔掉酒杯，月色照亮白雾，缓缓上升。这就是我，在你眼中的命运。

有缘千里来相会，无缘对面不相识。

佛说，缘是用心感知，用一生感化。

缘，妙不可言。我的佛缘就是情缘，我的情缘，就是佛缘。

缘来则去，
缘聚则散。
缘起则生，
缘落则灭。

第四场

持

天光明昧，生生死死。
我们都不是完人，
而有缺失的人才会成佛。

凡心皆是虚妄

凡所有相，皆是虚妄。

打开内心，就是打开一种状态。看似坚不可摧的肉身，有着暗藏的不可愈合的伤口，伤口会流血、会疼痛，即使愈合也会留下疤痕，提醒自己，肉身曾经遭受的罪。

我曾想我是天空中的一只飞鸟，抑或湖水里的一尾游鱼。天空的宽广是为了让我飞累了栖息，湖水的幽静是为了感受我畅游的快乐。

我看到横亘在我们之间的一条河，水面平静，水下暗涌澎湃。记忆变成一条线，在时间里延伸，秋叶未落，白雪已覆盖了一身。一个行者的旅程总是渴望如候鸟的归程一般循序渐进，但候鸟有南方归栖，行者呢，普天之下容不下他停歇流泪的身影。

释迦牟尼佛说，即使在相对的世界中醒着，我们还是在无明中沉睡着。

我们在无明中沉睡着，做着金钱、权力、爱情、成功的美梦。梦醒来，世界还是世界，自己依旧是自己。或许世界已经改变，只有自己醒在沉睡的梦中。

三十五岁那年，我得知拉藏汗被杀的消息。那些以欲望和权力谋生的人，不是死在路上，就是死在战场上。曾经，这位蒙古王想把我从王位上拉下来。曾经，他禁锢了我，想杀害我。依然是曾经，他杀了和我最亲近的人，第巴桑结嘉措。他让我懂得生命的变幻无常，也让我明白，我从来不是一个人，而是和一群人、千万人性命相连，福祸与共。

我是众人心中的六世达赖，却只是我一个人心中的仓央嘉措。

那几年，我因为无法忍受封闭枯燥的清规生活，想过离家出走，也想过抛弃达赖喇嘛的身份。那些烦躁不安的日子里，桑结嘉措总是非常有耐心，如一个无限包容孩子的长者，对我殷殷劝导。起初，他的话我还能听进去一些，时间久了，我便感到心烦抑郁，他越是对我循循善诱，我越觉得被他无形地掌控。我一意孤行，听不进任何人的话。那时候，格鲁派几乎所有有地位、有学识的上师引经论据，希望我迷途知返，潜心修佛。我不听也不接受，一味地沉浸在自己的世界里，忧郁、孤独、哀伤、落寞。

如果我是一个女人，可以幻想一段情，在这段情里，我是这个世界的主角，无论是身还是心，我都是快乐的、自由的。当我累了，有一个人的肩膀让我依靠；当我迷路了，有一个人牵起我的手引我回家……可惜，我是一个男人，即使是少年、无所不能的王，我也依然是男人。我有自己独对人世的骄傲与尊严，我沉默、暴烈、纵情，都只是因了我的不甘与不愿。

我日日饮酒，目中无人，没有人敢靠近我。与我最亲近的侍从看我一日比一日颓废，忍不住哽咽出声："佛爷……"

"不要叫我佛爷。"我说，"我不是你的佛爷，也不是任何人的佛爷。"

我从没有将自己当作那个高高在上的"佛爷"，想到这一切的始作俑者桑结嘉措，我狠狠地说："要叫佛爷你去叫他，他才是你们所有人的佛爷！"

侍从大骇，看着我不敢置信道："佛爷，您怎么能说出如此大逆不道的话，您不知道第巴大人他……"

"够了！"我打断他，愤恨道，"在你们眼里，我除了这个让人耻笑的身份还有什么？我连屋外的一只鸟儿都不如……鸟儿尚且有自由，我有什么？我还能有什么？"

"你有永生。"

桑结嘉措走进来，侍从吓得连忙跪倒，我冷冷地看着他，一言不发。他说："你是活佛，是西藏人的希望，是我们格鲁派的信仰。你的一切是佛赐予的，在这个世间，没有人比你尊贵，也没有人比你永久。"

"尊贵，永久……"我苦笑道，"我要这些做什么，这些都不是我想要的。没有了自由，再尊贵也不过是一具行尸走肉。没有了爱情，活得再久也是痛苦的折磨。我不需要尊贵，也不需要永久，我想要简单快乐的人生。你，能放我自由吗？"

桑结嘉措像是听到了一个天大的笑话，哑然失笑道："自由？从你出生起，你便没有了自由，要怪只能怪上天选择了你。可是，你为什么要抱怨呢？天大的恩赐降临到你的身上，你的阿爸、阿妈、族人……他们都以你为荣，你应该感激。不是你也是别人，你应该庆幸，你生来就是不凡的，你应该为此感到光荣。"

"那么，你需要我做什么？"

"什么也不用做，你只要当好你高高在上的佛爷。但前提是，收起你的那些胡思乱想，好好潜心修习。这是你一生的使命。"

桑结嘉措丢下这句话走了。从那时候起，他摘下了虚伪和善的面具，暴露出一个独断专行的独裁者做派。而我，除了"傀儡"这两个字，找不到更好的词形容我的处境。

后来，那个我最恨的人也走了，说不出是痛快还是难过。有生之年，我和他相处的时间最长，渊源也最深。而今，当我到了他这个岁数，才明白生之不易。

佛叫我别恨那些伤害我的人，因为我心中有爱。若真爱，恨也是爱。

> 由爱故生忧，
> 由爱故生怖。
> 若离于爱者，
> 无忧亦无怖。

轮回，梵语意为"流转"。佛教认为，人的灵魂不会因为身体的死亡而消失，而是转入另一个实体当中，犹如车轮的转动，循环往复，永无休止。佛教亦认为，凡人出世入世，无不在轮回里循环，唯有潜心修行，才能获得解脱，步入极乐世界，超越轮回之外。

如果这世上真有轮回，我想确认是否可以保留轮回之前的记忆。如果说活佛转世是以不死的灵魂转世复生，我宁可献出灵魂，只求肉体不要磨灭我的记忆。

我在行走的途中看到一只奄奄一息的苍鹰，我看着它，它的眼睛睁开一条缝，静静地躺在荒原上，仰首望天。苍鹰是一种非常高贵神圣的鸟，一生搏击长空，直贯长虹。它是百鸟之王，生活在雪域高原，无论天气多么恶劣，它依然不畏风雪，勇往直前。

我看着它，这只苍鹰已经很老了，奄奄一息的模样就像一个病入膏肓的老人。我看着它，它是否就是不久之后的我，而我，是否就是曾经的它。

　　鸟的幸福在于拥有一双可以飞的翅膀，它的不幸也正是于此。高处不胜寒，它一生飞过无数地方，拥有万兽不可仰视的高度，飞翔给予它自由，也给予它一颗孤傲的心。我们人呢，我们渴望做一只苍鹰，殊不知，苍鹰也有它的寂寞。

　　远处，传来一阵此起彼伏的诵经声，我闭上双目，再一次默念六字真言。这一次并非我的幻听，当地一位德高望重的高僧圆寂，我正好经过，送他最后一程。苍鹰的尸体就在我的身边，那一行送葬的队伍渐渐远离我的视线。没有人注意到我。

　　昔年，我曾经扮作凡夫俗子与这位高僧谈经论道，他说："我这一生，从未离开过这片生我养我的土地。我年轻时喜欢看天，看着天上飞翔的雄鹰，羡慕它拥有高洁自由的人生。而我，空有一腔抱负却只能日日在这里诵经，我连踏出去的勇气都没有。"

　　我问："为何？一个有所作为的高僧不应该是游历四方取得圆满的修行吗？"

　　他说："一个人成就功德的方式有千万种，属于我的修行却只有一种。譬如这天上的鹰，天空就是它的家，飞翔正是它一生的修行。而我，闭目打坐、传诵佛经也是一种修行。我通过我的口，将所思所得传授给弟子，弟子再传授给他的弟子，代代相传，如此也是一种修行。很多年过去了，我的心越来越平静，我不再羡慕天上的雄鹰，它的飞翔是它这一生要做的课业，而我，也有一生要完成的使命。人与人、人与物，甚至人与佛，都有他们屹立天地、存在于天地的因由。"

我看着渐行渐远、消失在雪山深处的队伍，想起他说过的话，潸然泪下。他曾说，倘若让他选择一种告别人世的方式，那就是天葬。尘归尘，土归土，接受天葬的人归于天。若有一次选择，苍鹰望尘莫及，人心变幻莫测，我做一只逍遥世外的白鹤，因为年轻，因为有梦想，我将人世的景全部看一遍，然后展开翅膀，永不坠落大地。

愿凡夫的言语，无碍圣眷的飞翔。一切护法的哀悯下，愿有缘之人，愿你的眼神保持应有的肃穆。你的嘴唇温热，不要让脱口而出的声响，惊动沉寂中无常的轮转。

你说，你觉得空虚，因为你没有刻骨铭心的记忆。因为无心，所以无伤，所以无情，所以无过往、无眷恋，轮回再流转，你的千万次不过只是一次。对你而言，无论怎样的人生，都沉入河流，不留幻影。

时间是一条无归河，如果生命没有巧合，要我怎样再遇见那些旧事，那些故人。记忆是多美的痛，拥有记忆的轮回，又是另一番柔情似水，佳期如梦。

我问佛：人是否有轮回？

佛说：有因就有果，有生命就有轮回。

我问佛：如何经历生死轮回？

佛说：置之死地而后生，参悟生死，就是经历轮回。如果可以将生死看淡，那么轮回之苦也就不那么煎熬了。每一个人都以为只此一世，他们当然也信轮回，但是他们没有前世的记忆，不记得前世是谁，做了什么。人经历一世，就有一世的记忆，经历下一世，记忆又是另一番模样。如此往复。

我问佛：是否可以带着记忆轮回转世？

佛说：如果你心存执念，也许下一世会带着记忆留给你的影子，但那只是影子。你不会记得前世，你不是前世的模样，自然就不会有前世的心境。带着记忆轮回转世是一个痴人说梦的谎言，佛转世成人是为了体验人生疾苦，不到最后一刻不会清楚一切作为的初衷。人也是如此，人转世为谁，源于前世种下的因，无论这一世是什么，原本的自我是不会知道的。善有善报，恶有恶报，所谓的记忆，不过是自欺欺人的念想而已。

我问佛：你是否相信轮回？

佛说：一切轮回都是障。众生信轮回，因为轮回在他们的心中。我不信轮回，因为我在轮回之外。

佛语有言：六道众生都要经历因果轮回，从中体验痛苦。在体验痛苦的过程中，只有参透生命的真谛，才能得到永生。

倘若只是为永生，大可不必经受轮回之苦。有些人渴望永生，有些人不然。如我，又如那些活得悲惨的人，他们宁可什么都不留下，宁可没有来世。

佛说，我不信轮回，因为我在轮回之外。

我感念世间难舍难分的爱情，我更感念，了悟尘缘洒脱放手。旧时光的温暖比不过日光的炽热，也比不过月光的清幽。尘埃落定，时间、梦境的羁绊至深，那是佛叫我们痛过之后放下。

因为路远，才知天长。因为痛过，才会深悟。

那一天，
闭目在经殿的香雾中，
蓦然听见，你诵经的真言。

那一月，
转动所有的转经筒，
不为超度，只为触摸你的指尖。

那一年，
磕长头匍匐在山路，
不为觐见，只为贴着你的温暖。

那一世，
转山转水转佛塔，
不为修来世，只为途中与你相见。

四十九岁，不惑之后，天命之前。

人生几多风雨,伤春悲秋,依然日复一日地过。感叹时光只是徒增伤感,除此之外,没什么可惜。已近天命,忽然明白人的一生其实过得很快,过去放纵是因为深感时光漫长,觉得浪费光阴也是一种意气。半百之年,前路漫漫,后继无人,孑然一身的我生出沧海桑田的感觉。

我望着眼前一堵高墙,墙外的爬山虎随风闪烁着光亮,生命的每一个春天早已不再。我轻轻地走出去,像获取不知往哪个方向吹拂的风的少年,瞬间忘却青涩的卑劣。我不了解这纷乱世间从未出现的传说中的幸福,我该感激,永远地活在别人想象的光明里,永远地活在他们哀叹的心中。

我的命运,究竟填满的是真切的悲哀,还是满满的空欢喜?

当我年少,
我负韶华。
当我年迈,
韶华负我。

四十九岁时,我做了一件事。就如二十多年前走向青海湖,这一次,我不是为了赴死,而是为了体验生死。

我选择的地方是一条说不上名字的河流,彼时,我脱下外袍,脚探入湍急奔涌的河水。就在我试图将身体沉入水中时,一只手将我拽了回来,是一个年迈的樵夫,一双眼睛却如孩童般清亮。

他皱眉看着我，问道："年轻人，你为何想不开？"

我诧然，我已经是半百老人，他为什么还要叫我年轻人呢。我说："我已经很老了，难道您看不出来吗？"

他笑着摇了摇头。"你很年轻啊，也许是这里老了吧。"他指着我的心口说道。我不知如何接话，他又问道："你很怕老吗？"

我摇摇头，"不，我只是觉得生死无常，想再体验一次。"

他大笑，说："原来你是为了体验人生啊，真是平生未见，竟有这么奇怪的人。我以为你有什么心结，像你这样拿生命当儿戏的人，真让人困惑。你一定是大富大贵之人，不懂人间疾苦吧？"

我诚实地说道："我不是什么大富大贵的人，只是一个云游四方的僧人。"

"僧人？"他惊诧地望着我，"那就更不应该轻率地看待生死了。"他用手指着我身后的河流，"你可知道这条河很凶险，它是黑龙化成，每年都有人失足淹死。幸亏刚才我手快，不然，你就算不想死也被它吞了去。"

他见我迟迟不开口，继续说道："我来给你讲个故事吧。从前有两位僧人准备渡河，一个年轻的姑娘路过，请求他们背她过河。两位僧人都受过戒，深知男女授受不亲，年轻的僧人后退一步，看了看年长的僧人，回头对姑娘作揖道：'阿弥陀佛。'话音刚落，身旁那位年长的僧人毫不犹豫地背起了姑娘。年轻的僧人诧异，想要阻止，可是年长的僧人已经抢先一步渡河了。年轻的僧人跟上，渡到彼岸之后，年长的僧人将姑娘放下，二话不说转身就走，前后判若两人。年轻的僧人看了姑娘一眼，跟上去问：'您为何要背那位姑娘渡河，渡了河又为什么不等人家道谢？'年长的僧人答道：'我已经把她放下了，你为什么还要把她背在身上呢？'他所指的'背'，是心上的'背负'，他在教诲年轻的僧人，出家之人不应将红尘俗念放在心上。"

老人微微笑道："你刚才的行为，就是还将红尘俗念放在心上。你既然是僧人，不管尘世是何模样，你都该孑然一身，保持内心的清明。世间纷纷扰扰，一切如过眼云烟，生死也是如此，不必挂怀。"

良久，我的耳边还回荡他的话："世间纷纷扰扰，一切如过眼云烟，生死也是如此，不必挂怀。"

那年赴死，我放下一切，自以为从此解脱，兜兜转转，反而走上了一条求佛之路。求佛求佛，究竟求的是佛的不忍，还是佛的成全。而今，我再也没有了赴死的勇气，却想重新体验一回由生至死的心境，我承认，有那么一刻，我其实是畏惧死亡的。

风景这般独好，为何不好好活着呢？我听见另一个自己说：

你已经老了，已经老了……我刻意忽略心中的声音，旦夕祸福，远远不比寂寞地老去可怕。

"我是这山上的居士，与佛也有渊源。"老人慈悲地注视着我，他的神情浑然不似土生土长的山野樵夫，反倒像一位隐居世外的高人。

他回忆他的过去："我出生于大户人家，家中只有我一个独子，从小自命不凡。父母非常宠爱我，我是父亲的老来子，他恨不得将天上的月亮摘下来给我。我自小脾气暴烈，家中上至父母、下至仆人，所有人都顺着我。等我长到十多岁，已经是远近闻名的恶霸，人人见到我就好像看到了恶魔一样，我却非常得意。二十岁那年，家里给我安排一门亲事，我那时候很风流，见到漂亮的姑娘就想轻薄，抢回家当小妾的更是不计其数。每天都有人找上门来数落我，我充耳不闻，后来，有个姑娘得病死了，她的家人就把我告到了官府，可是因为我家有钱，最后不了了之，那人当着我和父亲的面撞墙而死。我父亲为此生了一场大病，表面看是被死人吓的，其实是被我气的。但年轻的我并没有意识到这一点，反而变本加厉地做尽坏事，最后，连亲事都告吹了。"他说到这里，顿了顿，看着我说道，"你一定没有想到我是这种人吧？"

我摇了摇头，问："后来呢？"

"后来啊……"他的神情悠远而苍凉，"后来父亲气得一病不

起，可到死，他都没有怪我这个做儿子的。他说，上辈子一定是
欠了我，这辈子来还债。父亲死后，家道中落，加上我不思进取，
日日沉迷酒色，祖宗数代积累的家业很快就败光了。我成了乞丐，
人人骂我打我，小孩冲我扔石头，女人向我吐唾沫，我成了人人
喊打的过街老鼠。那时候，我还不到三十岁。世道炎凉啊，直到
那一刻，我才知道自己犯下了多么深的罪孽，一切都是报应……
我也曾想过死，像我这样一个不学无术、丧尽天良的败家子，根
本不应该苟活于人世。于是，我就跳河了。可我没有死，而是被
一位僧人救了，他告诉我，人命不可轻贱。很长一段时间，我想
投入佛门，用余生赎罪。然而大师教诲我，如果只是为了赎罪，
佛门不是我待的地方，它不是收容所，更不是供人忏悔的庙堂。
我问为什么，既然我佛慈悲，为什么不能供我悔过？他说，回头
是岸，你现在已经知道从前的过错，昨日种种譬如昨日死，今日
种种譬如今日生，为何还执着过去？你要知道，悔过也是一种
执着，你为悔过投入佛门，说明你还没有放下。既如此，佛门
就还代表着过往、前尘，那么你的死、你的赎罪都是枉为……佛
怜悯任何人，恶人、罪人亦然，只要有一颗悔过的心，都会得到
原谅。你已经悔过了，那么你入佛门就不是为了悔过，而是为了
新生。"

"不要问之前做了什么，要看以后。"

这是老人对我说的最后一句话，昨日种种譬如昨日死，今日
种种譬如今日生，悔过也是一种执着。他之所以成为隐士而非僧

人，说明他尚未真正地放下。他太在意过去的罪，没办法忘记，也就没办法放下。一个人如果不能勇敢地直面过去，今后成为怎样的人都不算完人，而这位长者深知其中的道理，他在深山里"思过"，哪一天开悟，就意味着哪一天立地成佛。

望着他悠然远去的背影，如闲云野鹤般，我忽然觉得，他离那一天不远了。

佛说，众生皆苦。如果我们生在仙境，是不会体会到众生之苦的。我不入地狱，谁入地狱。佛正是因了深感众生苦楚，才生出投入地狱、拯救众生的心。

释迦牟尼本名悉达多·乔答摩，是迦毗罗卫国的太子，其父为净饭王，母为摩耶夫人。悉达多年少时接受婆罗门教的教育，习兵法和武艺，成为骑射击剑的能手。成年后，娶同族摩诃那摩长者的女儿耶输陀罗为妻，生一子罗睺罗。

当悉达多尚在襁褓中时，一位占卜师预言，太子将来会选择成为一名隐士。净饭王听此预言，非常恐慌，国不可一日无君，他决心让太子早日继承王位。悉达多渐渐长大成人，他对外面的世界生出好奇，想知道未来统治的国土究竟是什么样的。他一次又一次恳求净饭王让他出宫，净饭王因为顾忌他出生时的预言，迟迟不肯应允。就这样，净饭王越不答应，悉达多越好奇，终于，父亲拗不过儿子的恳求，准许他出游一次。净饭王严令太子的侍从迦那，只能让太子看到美好的事物。

一路上，悉达多游山玩水，所见之处皆是美不胜收的胜景。他觉得，国土这么美，人民安居乐业，果然一派国泰民安、其乐融融的景象。然而，就在一行人返回的途中，意外的事情发生了，他听见了痛苦的呻吟声，看到躺倒在路边奄奄一息的病人。悉达多怎么也没有想到，国家还有这样吃不饱、穿不暖，快要病死的穷人。他命人将病人扶起来，妥善照顾，自己则怀着沉重的心情回到王宫。

这是悉达多第一次感受到民生疾苦。他回到王宫后，看到富丽堂皇的宫殿摆设、锦衣玉食的父母和妻儿，萌生隐退之感。不久之后，他再一次提出出游。净饭王依然不答应，他听说太子看到穷人的惨状，更加惧怕太子从此一去不复返。悉达多向父亲保证，很快就会回来。净饭王想到家中还有妻子牵绊着太子，勉为其难地答应了他的请求。

悉达多在途中看到一位步履蹒跚的老妇，走起路来跌跌撞撞，他吩咐迦那停车，问："此妇为何这样走路？"

迦那回道："因为她老了。"

"老了就这样走路吗？"悉达多又问，"什么是老？"

"什么是老……"迦那喃喃重复，太子居然不知道什么是"老"。

"老是什么呢？"悉达多苦苦思索，陷入莫名感伤的情绪。

"老就是衰老，不复年轻，身体的各个部位衰退，变得软弱无力，双腿不能走路，双眼不能视物，双手提不起东西。老会生病，会死亡……"

"那么，我们都会变老吗？"悉达多打断迦那的答复。

"是的。"迦那诚实地回答，"我们都会变老。"

那之后，悉达多再三要求出宫，当他第三次出游时，看到的不仅仅是病人、老人，还有死人。他终于明白了世界并非自己身处的那般美好，更不是自己以为的永远没有疾病、衰老和死亡，这些人们最惧怕的东西将困扰他们一生。

每个人，无论贫穷还是富有，高贵还是低贱，伟人还是凡人，都无法避免疾病、衰老、死亡。尘归尘，土归土，我们每个人最后都会面临死亡，这是生于凡尘的人的最终宿命。

悉达多最终抛妻弃儿，离家出走，因为他无法忍受自己过着奢侈享乐的生活而让黎民百姓受苦。他先是到王舍城外学习禅定，而后到尼连禅河畔的树林中独修苦行，每天只吃一餐，后来七天进一餐，穿树皮，睡牛粪。六年后，悉达多形同枯木，仍然一无所得，无法找到解脱之道。于是他放弃苦行，入尼连禅河洗净身体，沐浴后接受一位牧女供养的乳糜，恢复了健康。之后，他渡过尼连禅河，来到伽耶城外的荜钵罗树（菩提树）下，沉思默想。

经过七天七夜的冥想，悉达多终于恍然大悟，确信自己已经洞悉了人生痛苦的本源，断除生老病死的根本，使贪、瞋、痴等烦恼不再起于心头。这意味着悉达多·乔答摩觉悟成佛。这一年，悉达多三十五岁。

释迦牟尼成佛之后，开始他的传教活动。起初，他在鹿野
苑找到曾随他一道出家的阿若憍陈如等五位侍从，向他们讲解
自己获得彻悟的道理，佛教史上称这次说法为"初转法轮"。不
久之后，释迦牟尼出访各地，足迹遍布整个恒河流域。所到之
处，专心讲道，奠定了原始佛教的基本教义，其弟子相传有五
百人，其中为我们所熟知的就有大迦叶、舍利弗、目犍连、优
婆离等十大弟子。佛、法、僧"三宝"一旦具备，标志着佛教
正式形成。

我问佛：我们每一个人都必须经历生、老、病、死吗？

佛说：必然。有生就有死，这是人世循环不休的定理。每一
个人的出生，就代表着一个人的死去。人不可能得永生，会病、
会老，最后都避免不了死亡的结局。

我问佛：当我们死后，世界是否依然存在？

佛说：对一切有情众生而言，世界是存在的。但对本我的个
体而言，世界是不存在的。因为你是你的世界的主宰，你一旦不
在了，你的世界就会不复存在。

我问佛：我年轻的时候不畏惧死亡，为何老了之后惧怕呢？

佛说：年轻的时候最执着的是梦想，梦想一旦毁灭，自身就
会随之毁灭，但那只是灵魂而非肉体。换言之，你的精神世界被
摧毁了，它与肉体的死亡无关。当一个人老了之后，他所关注的
不再是自我的精神世界，而是与外界渐渐融合的本身，也就是你

外在的身体。你会惧怕，说明你对生命的认知发生了变化，过去你在乎的是内省，认为外在如何都与己无关。如今，内外合一，你更加明了生命的变幻虚实，也就更加懂得珍惜。

我问佛：如何摆脱生、老、病、死之苦？

佛说：你看透生命，所有的一切都是虚空。你看不透，即便长生不老还是会觉得痛苦。

死亡不是痛苦，疾病与衰老也不是痛苦。什么是痛苦？悉达多本可以长生，但是他放弃了，我本不必颠沛流离，也放弃了。我宁可在无常幻灭中受苦，也不愿在一成不变的世外享乐。我宁可历经生、老、病、死之苦，也不愿活在祈求永生的快乐中。须知快乐是虚假的，而快乐也是一种痛苦。

众生皆苦，我愿随众生一起受苦。昔日受爱而不得之苦，今日受生老病死之苦。快乐将永远被苦难的阴影追随，每一个变化中都蕴藏着死亡的因素，今日就是昨日之死。

诸苦所因，
贪欲为本；
若灭贪欲，
无所依止。

为灭谛故，
修行于道；

> 离诸苦缚,
> 名得解脱。

人生在世,如身处荆棘之中,心不动,人不妄动,不动则
不伤。如心动则人妄动,伤其身痛其骨,于是体会到世间诸般
痛苦。

佛说,人不动贪嗔痴念,就不会受伤,也就不会痛苦。一切情
欲皆为苦难,而我人生最大的劫就是情欲,它阻挡了我求佛的路。

我说,情与欲应分开,情可生欲,欲却不可生情。欲阻挡一
个人的求佛之路,情却不会。因为情是体悟生死与众生最根本的
起源,没有情,再悲悯众生也只是职责使然,而非由心生出的真
正的慈悲。普度众生是情,爱情难道就不是情吗?爱一个人与爱
众生有何区别?佛说,爱众生是大爱,爱一个人是自私。可我说,
如果连一个人都不舍得爱,如何爱众生?

天光明昧,生生死死。我们都不是完人,而有缺失的人才会
成佛。有缺失的人,心中有悲苦,他的忏悔是真忏悔,他的爱是
真爱。有缺失的人修得无上真身,体悟众生疾苦,体悟凡人成佛
的不易,一切贪嗔痴念都成为他的戒。

> 爱别离最苦,
> 忧火镇烧然;
> 若欲自安心,

端居作观想。

譬如群鸟兽，
暂聚各分飞；
生死人亦然，
云何怀忧苦？

只自一有死，
众人皆长生；
别离痛不任，
亲姻须啼泣。

第五场

静

红尘十丈，却困众生芸芸，

仁心虽小，也容我佛慈悲。

情之一字，如冰上燃火，

火烈则冰融，冰融则火灭。

问世间情为何物

问世间情为何物，直教人生死相许。

《佛说解忧经》云："又彼有情，生死别离，爱恋泣泪，亦如海水。"

释迦牟尼佛问诸比丘："在这漫长的轮回之中来来去去，是与怨憎者相会、与亲爱者别离之时流下的泪水多，还是所观海洋之中的水更多？"众僧不解，释迦牟尼佛又说："长久以来，你们为与亲人、爱人生死别离之苦流泪，为失去财富与疾病灾祸流泪，可曾想过，在这漫漫人生路上，你们流出的泪水竟比那大海之中的水更多。轮回无始无终，为无明蒙蔽、为渴爱束缚的诸有情的轮回起点是不可得知的。所以，你们长久以来受尽怨憎会、爱别离、生死无常的折磨与苦厄，这一切究竟何时到头呢？"

爱别离，怨憎会，撒手西归，全无是类。不过是满眼空花，一片虚幻。

天命之年，我想起了一些往事，关于别离，关于生死，关于情……我为情流的泪确然比海水更多。听人言，情之一字，薰神染骨，误尽苍生。我曾经如他一般问自己："红尘百转千回，因情一字，难道各在天涯便是我与爱人的最终归属吗？若是如此，上天又何必度我与凡人的红尘之缘？"

伸手握不住红尘，美梦消不去惆怅，无情岁月更抹不去相思爱恋。

佛说，是劫，不是缘。

很久之前，我对一个人说："我最大的心愿是流浪，天大地大，走到哪里便是哪里。"

她问我："一个人流浪不感到孤独吗？"

她又说："与其一个人浪迹天涯，不如两个人双宿双栖。"

于是，我允诺了与她双宿双栖的誓言。现在你再去西藏走一遭，在拉萨，在任何一个地方，你都会听到这样的传说，玛吉阿米，一个卖酒为生的姑娘，她酿的酒比琼浆还要醉人，她唱的歌比天籁还要动听。

我问你，你可曾去过一个叫玛吉阿米的酒馆？我再问你，你是否听过玛吉阿米的歌谣？

在那东方高高的山尖，

每当升起那明月皎颜，

玛吉阿米醉人的笑脸，

会冉冉浮现在我心田。

在雪域，在荒漠，在高原，在清湖……任何一个跋山涉水流浪的地方，都传唱着这首深情甜美的歌谣。那是恋人之间互诉衷肠的情话，是男人向心爱的女人表露心迹的真言。它的流传，来自一个凄美的故事，故事的主人公叫玛吉阿米，她是一间酒馆的歌女，除了绝色的歌艺，她还有着让人艳羡的酒艺。

据说，凡是喝了玛吉阿米酿的酒的客人，连着三日不省人事，醉的不是酒，而是酿酒的人。更有传言，玛吉阿米的歌声比美酒更醉人，听了她的歌声，一年食不知味、寝不安席。久而久之，玛吉阿米的名声越传越广，千千万万的人涌入拉萨，涌入酒馆，只为一睹她的风姿。然而，玛吉阿米绝少露面，她酿的酒价值千金，却甚少公开献酒艺，更别提当着众人的面唱歌了。人们只是通过传唱，从那悠扬婉转的曲调和情意绵绵的歌声中感受她美妙动人的歌喉与一往而深的深情。

那一年，我第一次见玛吉阿米便是在她唱歌时。我以为是我自己幸运，第一次来到酒馆就见到她当堂表演，殊不知，她是故意的。那一晚，她本就在等一个人，她唱歌是为了引起那个人的注意。

多么精巧的布局，多么至深的感情。我从那女子的歌声中听出了她的情意，她在等待一个值得等待的人，她爱慕了他许久。

她一早就从茫茫人海中认出他，从市井中打听到那人爱逛夜市，又得知他钟情于诗词音律，不惜违背昔日意愿，当众献唱，只为博他回眸一笑。

众里寻他千百度，蓦然回首，那人却在，灯火阑珊处。

在灯火阑珊处的不是我，而是她。她的一颦一笑深深地刻在我的脑海里，那晚的灯火是如此明亮，那晚的烟花是如此璀璨，可再亮、再美都敌不过她的笑靥，顾盼生姿，隔着千人万人的面容，我与她，视线交会。

一切诸如来，
境界亦如是。
远离语言道，
不可为譬喻。

诸佛觉悟法，
性相皆寂灭。
如鸟飞空中，
足迹不可得。

"当你看到一个僧人远行的背影，不必为他难过。我如果求佛，一定是在寻求遗失的心。"

这是我临别之际对她说的话，至今言犹在耳。我对她说，如果你离开我，我不会去找你，因为你的离开一定是为了我。可我也不会坐以待毙，听之任之，我会用我的方式成全我们的爱情，我会背负着对你的思念和全部的记忆，一个人流浪。

我说到做到了，背负着思念和记忆，一个人流浪。那么你问我，这三十年的求佛路，我是为了成全，还是为了放手？是成全，也是放手。我成全了我的爱，放手了我的情，爱情爱情，我割舍了全部，也得到了全部。我割舍的是现实中的爱情，得到的是幻想中的爱情，无论现实还是幻想，皆我所得与所悟，皆为真爱。

有人问我："女人对你意味着什么，只是情人吗？"

我说不是，女人于我意味良多，我用最深的情将她们眷顾。这些年，我悟出了感情的真谛，悟出了何为放手与成全。说到底，我们只是不愿意放过自己，不愿意放过我们爱的与爱我们的人，用滞重的承诺彼此束缚、疏离，到最后，终于看到一份份恩赐擦身而过，然后背对着曾经的自己，站在阴影里哭泣。孤独地哭泣。

你看，天边的夕阳照亮了黄昏，照亮了山雨欲来的无声夜幕，却照不亮你与我眼中的孤独。爱情不是罪，孤独是罪。孤独让一个人饱受思念的煎熬，它让一个人成痴、成狂，却不给他黎明来临之前最后的救赎。

阿修罗是天地间最好战的神，创世之初，他只是一个谁都看不见的长不大的孩子。他一直在等待有人将他杀掉，然后带着被杀时的恐惧和仇恨幻化为女子。当这个年轻的女子坠入情网时，体内的阿修罗力量就会被唤醒，阿修罗苏醒的时候，王城倒浮在空中，恶魔将统治整个世界。

我们是急流勇进的水流，撞击在岩石上分成两股，终有一天会再相见。我们就是我们自己的阿修罗，为了爱的人成魔。到最后，我们究竟是埋入黄土还是成魔、成佛，都不是我们所愿。而阿修罗，不过是和那个把他唤醒的爱人相拥而亡罢了。

一个男人对一个女人说："你爱我，或许是囿于心中的迷障，一时痴迷于我。痴迷虽看似凶猛却不是真爱，这世间本无多少真爱，万万不可轻易许下真心。"

男人难道对这个女人没有爱吗？他爱她，更爱自己。他只是一介凡人，却比魔城的阿修罗更有魔性。阿修罗有软肋，他的软肋是爱情，他甚至愿意为此变身被爱的女子。而那个男人，他为了野心也可以说是魔性毁掉一切，包括爱的人。

这就是人与魔的区别。一念之差，人可以成魔，魔也可以变成人。魔鬼有那么可怕吗？当魔鬼变成人的时候，他比人更执着，也更脆弱，因为人间有他向往的真情，和温暖。

茫茫路途，人最害怕的不是饥饿，不是病痛，而是寒冷。再厚的衣裳都抵挡不住寒风刺骨的冷，他渴望拥抱与被拥抱，渴望身体的触碰温暖彼此寂寞的心灵。漫漫长夜，你觉得寒冷吗？你看到清冷的月光会觉得与它命运相似吗？月光照无眠，我却希望每一夜，月光入你的梦里，伴你入眠。

在背弃他人和被人背弃之间，我选择被人背弃。姑娘背弃我，我会原谅她们。可如果我背弃了她们，我却不会原谅我自己。我会为爱情成魔，但不会为爱情失了人性。这也是为什么我虽然违反了佛教戒律，佛祖却原谅我。

佛祖对我说："你是一个好孩子，你只是误入歧途。"

我说："不，我没有误入歧途，我是一个不守规矩的孩子。我错了，但我不承认这是错。我不奢求您的原谅，可我私心里希望您能够原谅我。"

佛祖再一次叹息："痴儿，痴儿……"

于智，不可得。

于念，不可得。

于彼，不可得。

于己，不可得。

有人说，人的一生注定会遇到两个人，一个惊艳了时光，一个温柔了岁月。而我自己，在孤独中苍老了岁月，搁浅了时光。我是这样一个人，刀山火海可以独自去闯，一旦携了爱人的手，就会绕更远的路。我想更久地留住掌心之间传递的温度，我想爱人与我在一起的每一天都是好时光。

红尘十丈，却困众生芸芸，仁心虽小，也容我佛慈悲。情之一字，如冰上燃火，火烈则冰融，冰融则火灭。

佛曰：不可说。

我问佛：何谓"情"？

佛说：情是每一个红尘之人须度的劫，度过此劫，方能修得无量佛身。若度不过，空有一身修为也不过是凡人。

我问佛：佛为何不度有情之人？

佛说：佛普度众生，自然包括一切有情众生。佛度化人，为的是让他早日成佛。人在成佛之前可以有情，但情是障，会削弱成佛的意志。人若要成佛，必然要去除情障，不要让它蒙蔽了一双看清世事的眼。

我问佛：人为什么不可以佛缘与情缘兼得？

佛说：这是人的贪念。既有佛缘，又为何需要情缘？既然选择了情缘，那要佛缘参度什么？情缘就是佛缘，人所经历的情，是佛为点化他而造就的因缘。反之，却不然。佛缘不是情缘，有情缘不代表就有佛缘，有些缘分是佛祖赐予的，有些却是破坏因缘的孽缘。与其不得，不如不要。

我问佛：情是否可以如佛一般，成为一个人的信仰？

佛说：对一切众生而言，情是欲念。对修佛之人而言，情是劫数。而对如你一般情根深种、执迷不悟的人而言，情也可以成为另一种信仰。

"情，也可以成为另一种信仰……"

我笑了，说得真好，情就是我的信仰，过去是，现在亦然。唯一的区别是，过去情是我全部的信仰，如今，情成了我的另一种信仰，信仰之外，我还可以参悟更多。

如果一个人注定为情抉择，
那就看信念。

如果一个人注定为情付出，
那就看梦想。

如果一个人注定为情等待，
那就看时光。

如果一个人注定为情毁灭，
那就看生死。

有人说，我的初恋情人仁增旺姆为我而死，起初，我一笑置之。那是在我当了佛爷没多久，有人经由侍从秘密转告我，我以为那是一次阴谋，有人用过去的事逼我自乱阵脚，打破我和第巴之间维系的平衡局面。我虽年幼，但也懂得政治的黑暗、人心的可怕。来试探我的是何人？桑结嘉措还是拉藏汗？抑或那些蠢蠢欲动不信我是活佛转世的潜藏势力？故而我不做任何回应，静观其变，这是我唯一能做的。

无数的夜里,一个人反复思量,这一切究竟是阴谋,还是真有其事?我也问过自己,是不是有了新欢后就将旧爱遗忘?毕竟那时候的我对另一个女人动了心,而仁增旺姆,只是我对初恋的美好念想。

我曾经对她承诺,安定之后接她来和我同住。然而直到她死,我也没有实现当初的诺言。有无数次的机会,我可以向桑结嘉措提出请求,或者是央求曲吉,给仁增旺姆捎封信让她安心。我曾写过一封信,却不知是否真的到了仁增旺姆的手中,可等到我再一次得到她的消息时,她已经永远地离我而去了。

所以你看,美好的爱情容易破碎。我们都不信命,却都做了命运的囚徒。我们自以为能逃脱别人设下的天罗地网,到头来,只是在别人的天罗地网中兜兜转转,迷失方向。我的情成了我的弱点,成为我一生输给敌人最大的败笔。

后来,桑结嘉措将那个送信的侍从处置了,我吓得胆战心惊。那时候的我非常懦弱,夜夜做噩梦,梦到仁增旺姆满身是血,无比哀怨地望着我……我问她是否恨我?她说:"我不恨你,我要让你一辈子恨你自己。"

我不恨你,我要让你一辈子恨你自己……

我哈哈大笑,状似疯癫。迫不得已,桑结嘉措命人严密监视我,防止我做出大逆不道的行为。我能做什么呢?我能做的,不过是结束自己的生命，一命换一命罢了。可是，我不会自杀，我欠了仁增旺姆一条命，我也欠了别人一生，她对我说，若非死别，决不生离。

我想办法溜出去见达娃卓玛，众人以为我疯了，衣衫不整，全没了昔日少年佛爷的样子。我一点也不在乎，担心她会步仁增旺姆的后尘，因我而死。我爬上高高的城墙，身后是那些隐遁在黑暗中保护我也监视我的侍从，我一步也跨不出去，只是趴在城墙上，远远地望着她。

伊说："若非死别，决不生离。"可是生离比死别更痛苦。望穿秋水，那人于我而言，比天上的明月还要让我难亲近。我伸出手让月光穿透指缝，然后紧紧握住，仿若握住了爱人飘飞的衣袂。我的爱如此卑微，近在咫尺，恍如天涯。再回首，伊人消失，眼中唯有一片清明的月光，刺痛了双眼。

那一年，我十八岁。

生命浮浮沉沉，花儿在上面开，时而飘飞，时而凋谢。如果还有什么值得我留恋，我想，大概就是这些开在生命经年的花儿，盛开时那么美丽，凋谢时那么迷人。醉生梦死也是镜花水月，实实在在的东西总比不过形将枯朽或稍纵即逝的东西更惹人动心。所以，黎明没有夕阳让人渴望接近。

荼蘼花稀稀疏疏地飘落在我的脚边和被风吹起的衣袂上，天边的云霞映着夕阳特别美，浸在紫色的薄光中，像温柔的人醉酒的容颜。感觉像是在做梦，一下子回到了许多年前，在家乡门隅，扯着阿妈的衣袖让她讲故事，门前的河水幽幽地流淌，衬着屋外的青山蓝天就像画里的一样……那样的日子，仿佛是前世的梦影，再难见到了。

我问佛：如何才能如你一般看透？

佛说：佛是过来人，人是未来佛。我也曾如你一般天真，所以不必执意，到一定的时候，自然会看透。

我问佛：如何能静？

佛说：寻找自我。世间有如此多的苦恼，怨憎会，爱别离……只因不识自我。

我问佛：我的感情总是起起落落，这是否意味着我的一生都不会太平？

佛说：一切自知，一切心知。月有盈缺，潮有涨落，浮浮沉沉方为太平。

我问佛：都说众生苦，为何我的苦佛不识？

佛说：你的苦是你自寻的，许多苦本可避免，但你心性太直。所以归到底，你的苦都是妄想，佛不能陪你妄想。

在爱情路上，我不无辜也不懵懂，心中藏了一把刀，谁夺走我的爱情我就杀谁。

小沙弥问我："尊者，为何入了佛门就要受那恼人的戒呢？"

我说："你是想受身外的戒，还是心中的戒？"

他不解："有何不同呢？"

我说："身外的戒是有形的，心中的戒是无形的。身外的戒需要清规戒律做参照，需要众人监督，需要自我修持，心中的戒不需要。"

小沙弥欢快地说："那就选心中的戒。"

我叹息："心中的戒更难哪，须知心中的戒没有任何参照，也没有人监督，却要你时时刻刻放在心上。它时时刻刻约束你，无时无刻不困扰你，因为它在你的心上，与你同在。"

小沙弥大骇，欲哭无泪道："可我不想它成为我的束缚……早知道这么难，当初我就不应该出家。"

"那么，你当初出家是为了什么呢？"

"我出家是为了一心向佛，拯救众生啊。"

"那就是了。"我笑着拍拍他的头，"你既然是为了拯救众生而出家，那么要受的戒还在心上吗？与其说你不肯受戒，不如说你尚未悟出为何拯救苍生，这是你首先要悟的道理。"

"尊者，您有没有悟不出的道理呢？"他问我。

"自然有，恐怕穷尽一生也悟不出吧。"

"是什么呢？"

我苍凉一笑，久久不语。

值此一生，情最惆怅，也最叫人参悟不透，却成了我的信仰。世界千变万化，唯情不变。红尘万丈深渊，唯情不灭。我从佛所在的地方来，走向的是与佛截然不同的路，无从了断，又何必了断？

我再一次唱起那首让我魂牵梦萦的歌，但愿我也能够成为被你念在心上的信仰。

第一最好不相见，如此便可不相恋。

第二最好不相知，如此便可不相思。

第三最好不相伴，如此便可不相欠。

第四最好不相惜，如此便可不相忆。

第五最好不相爱，如此便可不相弃。

第六最好不相对，如此便可不相会。

第七最好不相误，如此便可不相负。

第八最好不相许，如此便可不相续。

第九最好不相依，如此便可不相偎。

第十最好不相遇，如此便可不相聚。

第六场

道

爱不深不生婆娑，
这是谁在对我们感叹？
执迷的人空自惆怅，
觉察的人洞若观火。

这是一个娑婆世界

这是一个娑婆世界，娑婆即遗憾。

佛语有云，尘世如一座腐朽没落的房子，日日受大火炙烤。众生贪恋欲乐，醉生梦死。佛祖悲天悯人，不忍见众生受苦，于是设立种种方便，使众生脱离火海。

炙烤尘世的大火由人心燃起，火势足够蒙蔽人的心志。佛经典故中有一例，本师坐在窗下读经，见一只蜂子不停地撞击窗纸想飞出去，弟子神赞禅师见状念道："空门不肯出，投窗也大痴。百年钻故纸，何日出头时。"此言道出尘世苦难多数是自己寻来的，只要肯回头，心志就能恢复清明，脱离苦海。

五十四岁这年，我回到了阔别已久的青海湖，一住近十年。若你问我，为何如此留恋青海湖？是因为那里是置之死地而后生的地方吗？我说是，也不是。

我说是，因为青海湖确是我涅槃的地方。我说不是，因为我的命从来没有遗落在那里。我的梦想在四方，我的生命便也随梦想远走四方。很久之前我说，我是一个无家可归的人，无家可归，自然哪里都不是我停留的地方。我之所以在青海湖一住近十年，是因为我累了。我累得走不动了，只想找一个地方安度晚年，想想遥远的过去和很快就过去的未来。

佛说，这是一个娑婆世界，娑婆即遗憾。没有遗憾，给你再多幸福也不会体会快乐。

何谓"娑婆"？娑婆，即"堪忍"。世间众生堪能忍受十恶，杀生、偷盗、邪淫、妄语、绮语、恶口、两舌、贪欲、瞋恚、邪见，以及诸烦恼而不肯出离，故名"堪忍世界"。

身在娑婆，心念菩提。我如果能够成佛，必然是佛度了我；我如果不能成佛，那便由我去度人。

你说，天为明，地为暗。
我说，天为静，地为动。

你说，日为晴，月为阴。
我说，日为朝，月为暮。

你说，善为上，恶为下。
我说，善为始，恶为终。

你说，人为树，佛为根。

我说，人为水，佛为岸。

五十五岁，我至亲的恩师、一代上师五世班禅圆寂。我离开他时，不过双十年华，而他离开我时，我已满目疮痍、垂垂老矣。沧海桑田，说的就是年华的逝去。我记得与恩师的每一次对话，与他的每一次见面都带着历史的必然性。不见比相见亲，因为我们每一次的见面都代表着各自的身份与职责，都是一次命运的走向。

最后一次见面，他问我："佛爷，你是否觉得我与您的每一次见面都是一次磨难？"

我诧异道："您为何有这种想法呢？"

他想了想，笑道："也许是我多虑了，每一次和你见面你看起来都不是很开心，我以为是我的缘故。"

后来回忆这段往事，悟出恩师其实是在点化我，当时我却不这么想。我因为他的话更加悲伤，我知道他此行的目的，觉得就连像他这样慈悲宽厚的人也不懂我。

我说："您看出来了吧，我确实不开心。师父，我能不能不受比丘戒？我能不能只做一个逍遥快活的人？您不知道，我有多痛苦，我与有缘人相爱不得，我一再地伤害她们、抛弃她们……我参佛是为了普度众生，给别人带去希望和快乐，到头来我却让人痛苦，令自己痛不欲生……"

他说:"你觉得什么是痛苦?你的痛苦就是别人的痛苦吗?焉知你心中所想却非他人所想,也许你觉得给别人带去了苦难,殊不知,她正因着你给予她的一切而无比惜福,感恩于你。须知,痛苦也是一种恩慈……因为它与心最贴近。"

"痛苦也是一种恩慈,因为它与心最贴近。"

当我想起这句话,内心依旧无法平静。我们坠入深渊伊始,便知深渊不是我们的归宿。那么,何为归宿?

归宿是大海,
我是海上的舟。

归宿是天空,
我是天上的云。

归宿是山川,
我是山上的树。

归宿是大地,
我是地上的根。

"心之何如,有似万丈迷津,遥亘千里,其中并无舟子可以度人,除了自度,他人爱莫能助。"

这是一句悟出生命真谛的话,除了自度,他人爱莫能助。我在想,佛说度人,那么谁来度佛呢?除了他自己,无人可度。

我问佛：你是谁？

佛说：你信，我就是你的信仰。你不信，我就是你的幻象。佛是心的一种状态，并非名称，也非身份，是功德的象征，代表"成就"与"觉醒"。

我问佛：如果佛阻挡了我的路，我该怎么做？

佛说：如果佛阻挡了你，杀了他。你该明白，若你为善，佛永远不会阻挡你。若你为恶，阻挡你的必然不是佛。

我问佛：如何辨别你的指示？

佛说：若以声迫你，以色诱你，那必然不是我的指示。正如，若以色见我，以声求我，是人行邪道。

我问佛：若我不信佛呢？

佛说：纵然你不信佛，那也不应该视而不见、听而不闻。佛语有云：见佛杀佛。你的肉眼见不到佛，你行走在路上，所受的指引来自心。你不信命，不信佛……须知，心就是你的佛。

心就是我的佛。所以，我拒受比丘戒。

我对班禅大师说："今时，我将退回以往所受诸戒，不再是佛家弟子……若是不能交回先前所受出家戒及沙弥戒，我将在此了结这虚无的人生，二者当中，请择其一。"

到如今，我依然记得恩师凝望我的眼神，那么了然与沧桑，仿佛早已知道了我的选择。他说："你可还记得，我问你，为什么每一次见面你都不开心？那是因为，你厌倦了这份责任。你将你的身份当作负担而不是享受，你将你的使命当作束缚而不是命运，你是不信命的人，违抗到底……这注定了你的悲哀，注定了你做任何事都不会长久，因为你从来不相信自己会走得多远。"

恩师继续说："我第一次见你，你就不快乐。那时候你还只是个十几岁的孩子，我为你授沙弥戒。你虽年幼，却比想象中要沉得住气，我就知道，你是一个不凡的孩子。我见你沉静端然，以为是性格使然，对你生出由衷的敬意。我见过太多人，很多人居于高位，却少有你这般宠辱不惊、淡泊超然的心境。我那时候就想，佛祖保佑，派来的佛爷心有大智慧。我本以为你必定青出于蓝而胜于蓝，功德与成就将超越前一任尊者，却不知，你心中向往的一直是红尘俗世，你宁可埋没凡尘，也不愿登上至高的巅峰……我们相识十年，不过几面之缘，可我心知，我与你的缘分不仅仅是那几次见面。某种意义上，你是我一直看着长大的孩子，你烦恼、忧愁、苦闷、失意，我都愿意倾我所能开解你，希望你获得证悟，明了人生要走怎样的路终归不是自己的选择，而是上天的使命。你不仅仅挣扎在凡世，终有一日，你将比别人行得更远、更长……人生有多少个十年能够一起共度，我愿亲眼见证你有所成，如今见你这般模样，我心有不忍，可我又担心真的看不到那一天了。"

人生有多少个十年值得我们相识、相惜与相依。现在，他离开了我，我也已近暮年。没有第巴，没有恩师，没有养育我的双亲，没有爱人，他们一个一个离我而去。我背对着佛，面向他们离去的方向，光与影交错，我看着自己落在地上的影子，真想谦卑地跪下，然而今时今日，究竟让我跪在谁的面前呢？

我想，若有来生，我只做一尊佛塔，看着来来往往围着我转圈的人，他们静默的面容是我此生所见最美的风景，他们诵经的声音成为我几世轮回泯灭不去的心音。我愿用我之身拥彼之身，用我之眼见彼之眼，用我之心感彼之心，我愿看着你的灵魂不被禁锢自由地飞翔。

若无来生呢……你问我，那就让我随你、随尘世一起沉沦吧，西天也好，地狱也罢，让我陪你历经红尘千劫，尝尽世间万苦，让我的手被你牢牢握住，让我的心与你紧紧相依。你是谁？我又是谁？莫问来处，莫言去处，天地之间，只我与你，至死方休。

这一眼到头的浮生，不过是我们眼中无声滴落的泪，夜雨不及它的温柔，热血不及它的汹涌，它透过一双看世的眼，涤荡一颗入情的心。所以山川大地，你说你喜欢，只是因为除此之外，无人陪你看细水长流，共度山静日长。

我欲叩问时光，结不了尘缘，赤脚行路，冲破无明的黑暗。佛门在我身前，金光闪闪，我看到它照见眼底的荒芜，那是心中无人可进的一片沙漠，穿过它，就能抵达想要的归宿。

人要到处行走，才能知道内心的归宿在何方。

我是凡尘最美的莲花

　　十年前，我四十五岁时去了一趟峨眉山。峨眉山地处蜀境，
有"秀甲天下"的美誉。我与一位名叫华贝的旅人前去，他精通
汉语，与我一道跋山涉水，一路经过田野、村庄、山川、河流，
抵达峨眉山境。

　　对于峨眉山，早年从《格萨尔王传》中得到一些见闻，《格萨
尔王传》在描写南瞻部四大圣地时这样描述道："像鹫鸟落在平原
上的山，是印度的灵鹫山；像大象卧在地上的山，是汉地的大象
山；一座具有五峰的山，是汉地的五台山；像白琉璃瓶安放的山，
是藏地的冈底斯。"其中，"像大象卧在地上的山"便是峨眉山，
它在四大佛山中排在第二位，在佛教中有着举足轻重的地位。

　　峨眉山是普贤菩萨的道场，山形如一头挺拔屹立的大象，又
因普贤菩萨坐骑为六牙白象，故而得名"象山"。《悲华经》记载：
当阿弥陀佛为转轮王时，普贤菩萨为第八王子"泯图"，在宝藏佛
前，发愿要在像娑婆世界一样不清净的国土中，修菩萨行救度众
生，同时教化无量菩萨，令他们心地清净，趋向大乘佛法。宝藏
佛于是为他改法名"普贤"，授他未来在北方"知水善净功德世
界"，圆满成就无上正等正觉，佛号为"智刚吼自在相王如来"。

　　以往我都是从书中知悉中原圣地的境况，对于那些由别人记
叙的历史、传奇、风景和人物一直心怀好奇，生出向往之心。彼
时，当我登临峨眉"金顶"，因路途颠簸而不安的一颗心突然变
得宁静，云雾缭绕，烟雨霏微，宛若置身人间仙境。弥漫山间的

云雾，美轮美奂，呈现出千变万化的色泽。举目远望，浓密的雾铺天盖地，雾霭游荡在天地间，整个人融入其中，显得非常微渺。茫茫白色，映衬得秀丽山河一派广阔明亮，那圣洁无瑕的美，像是从天而降的初雪，似融非融，看着它，心中涌起莫名的感动。

我游历过许多地方，这一刻却至今难忘。我永远都记得，站在巍峨的金顶，阳光从身后照射而来，前方白茫茫的雾中出现一个彩虹般的光环，光环中浮现着自己的身影，影随人动，形影不离。这就是举世闻名的"佛光"，即使成千上万的人同时观看，每个人也只能看到自己的身影被光环笼罩，五湖四海，如此圣景，绝无仅有。

我一个人静静地背对太阳站立，很久很久，看着光环中出现的唯一身影，仿若镜中人般两两相望。我想起多年前看着湖中的倒影，天上人间，心境是如此相近。明亮的天际，斑驳的云彩，如斯清朗的天空，以及被佛光笼罩的自己。

旭日东升，彩虹漫天，万道金光射向大地。众生如此渺小，却有着无穷无尽的力量。我伸出手，让张开的双臂化作山脉，让昂起的头颅化作赤峰，让凝望天空的眼眸化作两颗明亮的星。与山河同在，日升月落，斗转星移，此时此地，觉得自己如此强大，被千千万万的人信仰和膜拜。

太阳逐渐西斜，山峰的轮廓愈加鲜明，云海无声无息地涌动，恰似山舞青蛇。灿烂的金光慢慢地退去，人影在一片苍茫的光雾中轻轻摇曳。黄昏转瞬即来，千山万壑消逝得无影无踪，世界陷入一片静默的迟缓的深沉的美中。

风乍起，天涯无边。

我磕头长匍匐于此，向着金顶金佛虔诚地俯下身躯……在佛面前，我是一个迷失方向的孩子；在山之巅，我是一个向佛而生的旅人。

有因有缘集世间，
有因有缘世间集。
有因有缘灭世间，
有因有缘世间灭。

在我登临峨眉山之际，陪我一道来的同伴神秘地消失了。我想，一定是佛祖指引我而来，不为朝圣，只为明了心中的信念。心中的信念是什么？峨眉山上的一位师父向我介绍了一个人，鸠摩罗什。

鸠摩罗什，汉地德高望重的一代上师，出生西域，为弘扬佛法来到中原。他幼年随母出家，母亲耆婆是西域龟兹国的公主，父亲鸠摩罗炎是天竺人，出生相国世家，鸠摩罗什之名取自父母名字的合称，译作"童寿"。

"一切有为法，如梦幻泡影，如露亦如电，应作如是观。"

　　这是鸠摩罗什的译句，出自《金刚经》。一切外相皆为虚幻，如梦幻泡影，如露珠闪电，应当如此看待。生死无常，刹那湮灭。我们生存的世界，有着亲眼见证的真实之相，也有着想象期许的虚幻之相。一切佛法如缘法，刹那生刹那灭，没有什么是恒久常在的。毋庸区别对待，如同看待生死一般，一切终会消失。

　　我想，也许是出于这样的道理，一心向佛的鸠摩罗什才会娶妻、生子。他一生全部的信仰和贡献都在于浩瀚无边的佛法。鸠摩罗什在长安的十多年里，共翻译经书三十余部，其中就有流传千古泽被苍生的《般若经》《金刚经》《法华经》《维摩经》等。经由他翻译出的经书读来朗朗上口，浅显易懂，不知倾倒了多少人，让他们无条件地臣服相信，佛经如此优雅、迷人、深邃与博爱。

　　一切众生，无论遭受多少苦厄，无论犯下多么深的罪孽，只要心怀赤忱，诵经、皈依，所有苦难都会消失，所有罪责都被赦免。

> 心山育明德，
> 流薰万由延。
> 哀鸾孤桐上，
> 清音彻九天。

　　这是鸠摩罗什一生的写照。他说："你们要像采撷莲花的芬芳一样，但取其花，不要取其泥。我的戒行有亏，但是我翻译的经典如果有违背佛陀的本怀，让我深陷地狱。如果我翻译的经典不违背佛陀的本怀，那么让我的身体火化之后，我的舌头不烂。"

鸠摩罗什两度破戒。第一次是在前秦时代，吕光攻破龟兹捉获鸠摩罗什，逼迫鸠摩罗什娶国主的女儿。第二次是在后秦时代，后秦君主姚兴迎鸠摩罗什入长安，拜为国师。在此期间，鸠摩罗什翻译众多佛经，获得很高的成就和声望。姚兴视鸠摩罗什为奇才，唯恐后继无人，于是强迫他接受女人，传宗接代。

那时候鸠摩罗什已经年逾五十了，他想起第一次吕光逼他破戒，时隔数年，同样的情形却是不同的心境，于是说道："我近日感觉两个小孩站在我的肩膀上，妨碍我的修行……如此看来，只得遵从您的命令了。"鸠摩罗什答应了姚兴的要求，再次破戒，生下两个孩子。从此之后，他不再居住寺院，而是另迁别处，过着凡俗的生活。

鸠摩罗什的破戒在寺院中引起极大的轰动，有人不满他的行为，妄自诋毁，造谣生事。更有甚者欲效仿他，破戒还俗，娶妻生子。见此情景，鸠摩罗什召集众僧，手捧一钵银针道："你们若想和我一样，就将这钵银针吞入腹中，我便同意其娶妻蓄室。否则，绝不可学我。"

语毕，他便将满满一钵银针吞入腹中。众僧见鸠摩罗什吞针入腹，面不改色，大为惊诧。没有人敢效仿，都绝了还俗之意。如此，鸠摩罗什仍然不放心，每次登座讲法都要先教诲众僧："我被逼无奈，娶妻蓄室，行为虽同常人，精神却超越俗事。譬如莲花，虽生臭泥之中，却能出淤泥而不染。"鸠摩罗什告诫众弟子，以三寸不烂之舌证其誓言。圆寂之后，焚烧真身，火灭身灭，唯有舌头完好无损。后来，舌舍利被供奉于鸠摩罗什寺，建有舍利塔。

鸠摩罗什年幼的时候，母亲欲前往天竺，出发之际问他，传扬佛法是一件宏伟的事情，对你而言却没有丝毫益处，你该怎么办呢？年少的鸠摩罗什不假思索地答道，假如我能够使佛的教化流传，使迷蒙的众生醒悟，虽然会受到火炉汤镬的苦楚，我也没有丝毫的怨恨。

鸠摩罗什为何破戒？是因为惧怕死亡吗？他身处乱世，一生颠沛流离，离开故土，孤掌难鸣。那时候，佛法还不像如今这般广为传扬，世人多不信佛，盲目无知，为统治者奴役。人们没有知觉，视生命如草芥，生灵涂炭，乱世萧条，众生皆不幸。鸠摩罗什自幼就明了这一生的使命，随母亲远走天竺，一生被拘禁，被蹂躏，受尽凌辱与折磨，不得自由。但是，他的一颗为苍生大业的心始终不曾动摇。

忍辱负重，矢志不渝，才有了今日被世人传颂的鸠摩罗什。他的破戒是为了到更远的地方弘扬佛法，他的还俗是为了翻译更多的佛经供世人念诵。相比之下，我算得了什么呢？千年之后，同样知天命的我又付出了些什么、得到了些什么……没有，什么也没有。

凡所有相，皆是虚妄。

知天命，却未必通达天命。生命有时候逼迫我们放弃一些珍贵的东西，甚至要我们放弃自己的底线。如何，你愿意放弃吗？若不放弃，也许你无法再睁眼看一看这个世界。你若选择了另一种生，它也只是一种生，不会妨碍你什么。鸠摩罗什让我明白，人究竟可以牺牲到何种地步，置之死地而后生，绝境反过来是重生。

当你紧握双手的时候，里面什么也没有。可当你打开双手，世界就在你的手中，你可以用心感受。寒山问拾得："若世间有人谤我、欺我、辱我、笑我、轻我、贱我、恶我、骗我，如何处置？"拾得说："忍他、让他、由他、避他、耐他、敬他、不理他，再过几年且看他。"

吕光侮辱鸠摩罗什，让他骑恶牛烈马，让众人围观，借以取笑他、打击他，降低他在民众中的威信。鸠摩罗什丝毫不以为意，他屡次被摔，却没有任何怨言，直到吕光咬牙切齿罢休。时间久了，这种折磨人的把戏就连始作俑者自己都觉得可笑，渐渐放下戒心，将鸠摩罗什安置在身边。正如拾得所言，当有人侮辱、诽谤、欺压、轻贱之时，我自忍耐、避让、礼敬、由他，且待时光决断。从西域到东土，鸠摩罗什用了十七年的时间走这条"取经"之路，其间数不清的艰难险阻、忧患诱惑，都被他克服。于是，千年的佛教史上，鸠摩罗什这个名字始终不可磨灭，宛如一座屹立不倒的丰碑，供后人景仰、膜拜。

佛说，一念修行。

当我离开峨眉山时，忽然领悟佛说的这四个字。人之一生，总有一念，为此念而活。此念是佛念，便为佛而活；此念是情念，便为情而活。莫想以后，莫理是非，只看今朝，心中的念是否随心脉跳动，是否随血液奔流……它在，我在。

爱不深不生娑婆，这是谁在对我们感叹？执迷的人空自惆怅，觉察的人洞若观火。若有一帘幽梦，但愿不是惊梦，醒时徒然空恨，一生为谁而活。

我问佛：何为娑婆？

佛说：娑婆即遗憾，没有遗憾，给你再多幸福也不会体会快乐。我们都生在一个娑婆世界，所幸我们都能在娑婆中寻得快乐。

我问佛：如何脱离娑婆？

佛说：生不由己，何必脱离。且行且看，有悲也有喜，有恶也有善。不经历至痛，如何明了欢喜的滋味，不经历娑婆，又如何到达极乐？

我问佛：人为何有那么多的遗憾？

佛说：人有欲念，就会有遗憾。所以娑婆世界的众生才会受苦，受苦却没有办法逃离。

我问佛：佛的遗憾是什么？

佛说：苍生难度。

佛说，苍生难度。

众生皆具佛性，心即佛，佛即心，亿万佛从心里流出，如此，为何难度？因为欲海无边，抑或苦海无涯？我五十八岁，不再喝酒，不再为世间情爱落泪。我却想，即使体弱衰微，依旧可以淡笑着数天上的星辰，踏遍天涯聆听大海此起彼伏的浪涛声。那是我余生唯一可做，且乐意去做的事。

遥望来时路，生别离，心静默然。

一位名叫乌帕拉的比丘尼，容貌秀美，深受一个男子的仰慕。无论乌帕拉走到哪里，男子都跟在身后，不离不弃。男子的追求令乌帕拉很不舒服，想方设法躲避，却一直摆脱不了。终于有一天，乌帕拉走到这个男子面前，四目相对，男子错愕中掩饰不住浓浓的喜悦。

乌帕拉问男子："你为何一直跟着我？"

男子答道："因为我喜欢你，特别是你的一双眼睛，比最珍贵的宝石还要明亮美丽。"

男子话音刚落，乌帕拉毫不犹豫地将自己的一双眼睛挖出来，递到他的面前，说："你不是想要我的眼睛吗？现在我把它们送给你，你以后别再来纠缠我了。"男子看着手中的一双眼睛，瞠目结舌，等到他反应过来，乌帕拉已经走了。然而，男子竟然没有畏惧和放弃，他换了另一种方式追随在乌帕拉的身后，那就是，成为她的弟子。他终于明白，人是多么容易陷入迷障之中，烦恼多半是自己寻来的，所谓的"障"也是由心而生。

心有佛，佛就从心里流出。心有欲，欲海就将佛淹没。有人为了不被人爱而挖掉双眼，有人为了从小许下的心愿忍受数十年的囚禁……一切都是为了佛。

我问自己：求佛这么多年，求的是心还是佛？

佛不能替我回答，唯一回答我的只有我自己。我与佛之间，依旧隔着数道天障，山重水重，我依然没有悟透。春天哀伤，夏天烦恼，秋天无奈，冬天凄凉。一年四季，我执，所以度日如年。

> 花非花，雾非雾，
> 夜半来，天明去。
> 来如春梦不多时，
> 去似朝云无觅处。

又一个无人的幽夜，莲花次第绽放，朵朵曼妙，洒下世间。我在红尘里行路，身影随风雪而去，身后的脚印深深地烙在雪地上，绵延至看不见的远方。我心如烟云，当空舞长袖，人在千里，魂梦常相依。请不要问我从哪里来，天若有情天亦老，我自微笑，尘寰之中唱响天籁。你听，风雪寂寞的声音，我的声音。

春山青，春水绿，一觉南柯梦初足。

时间是恒河里的沙。这一年，我六十岁。

一切众生，
皆有所苦。
苦海无边，
回头是岸。

第七场

执

这一生，前半生是我的「悟」，

后半生是我的「度」。

我在红尘路上，也在求佛路上。

生如逆旅，究竟涅槃

凡心所向，素履所往。生如逆旅，一苇以航。

我六十岁了，人生还有多少年。

我们只是一个旅者，短暂地寄居在这个肉身。

忆起年少时，畅快地想此生若能及时行乐，该有多好。老来却想，及时行善方为一个人的圆满。果然，时光改变一个人，无论是人还是神，都会受到时间的影响。

茫茫人海中，与天地斗，一个人时，与自己斗，其乐无穷。

释迦牟尼获得证悟时，身边围绕着一群孩子，他最先给这群孩子讲法。这群孩子最先看到佛证悟之后的笑容，那是与以往不一样的微笑，如莲花被清风拂过，如白雪被阳光爱抚。那一双宁静祥和的双眼，如午夜幽静的月光，摄人心魄。那一刻，所有的痛苦、烦恼、忧患全都消失了。

我 是 凡 尘 最 美 的 莲 花

　　这就是佛的微笑，让众生忘却烦忧，眼里心里只有那化解一切、抚平一切的笑容。孩子们送给释迦牟尼鲜花、水果，并且送给他一个名字，佛陀。

　　佛陀，意为"觉醒者"与"成就者"。佛陀通过苦修和禅定，了悟一切外象终将无法恒常存在；了悟我执，我便不快乐；了悟若没有真实存在的自我，就没有真实存在的现象被觉受。佛陀的了悟便是我们所知的"佛的智慧"，是对全部真相的觉知。

　　人生命运各不同，但求屹立天地中。还记得受沙弥戒时说过的话："不杀生，不偷盗，不邪淫，不妄语，不饮酒……"我破戒，没有谁逼迫，出于自我的甘愿。我为情爱破戒，为仇恨破戒，也为自由破戒。我不能了悟，心不得解脱，爱恨瞋怒，无法言说。虚空是尽头，当觉醒而证悟时，未曾身为众生，也未曾挣扎。

　　佛说，证悟之后，你无法回想身为众生的情形，你不需要记得任何事，因为你从未忘却。智者言，死亡这一刻，人的慈悲心将持续增长，来世会变得越来越灿烂。若死亡就在这一刻来临，但愿我心慈悲。

　　若要喜乐，就要知足。
　　若要解脱，就要忘却。
　　若要觉醒，就要禅定。
　　若要征服，就要慈悲。

曼陀罗，佛教圣花，生于阴寒之地，外表艳丽，气息独特。传说在西方极乐世界，佛登坛说法时，天空会下起曼陀罗花雨，昼夜不息，非常壮观。千万人之中，只有一人有机会看到曼陀罗的盛开，但凡看见花开的人，其最爱就会死于非命。所以，曼陀罗预示着不可预知的死亡和爱。

我想起了一句话："邪恶中开出的花朵才更美丽，更打动人心，因为它的不易。"

曼陀罗原本并不恶，佛典里曾被视作天上花，预言见此花者，恶自去除。所以，它本是善良之花。而所谓的"邪恶"，是世人的想象与杜撰，花开不易，世人因为内心消弭不去的恶，妄自加诸在花的身上。然而我相信，曼陀罗的成活，是因了日日滴注的泪水，那是情人的眼泪。曼陀罗的倒垂，是因了不想让人看到它流泪的面庞，徒增伤悲。

我记忆中，对于曼陀罗的感触源于一个女子，它是我们短暂相识的见证。

我年轻时曾写过一首诗："虽然肌肤相亲，情人的真心却不知道。不如信手在地上画画，能算出天上星星多少。"

那时候，我还是一个懵懂青年，在爱情的领域，盲目而忧愁。我之所以写诗，是因为除了诗，不知爱情该如何表达。而我写诗，是因为诗歌能表达我的感情，排遣我的寂寞。我羞于说出"爱"，年轻气盛时，觉得爱是不必说出口的，何况我的身份也不允许。我对心爱的姑娘说情话，更多的时候唱着情歌，她只要听到，就会懂得。

后来，当我历经人生的大风大浪，身边的人一个个离我而去。我的爱人离开了我，不知她们在哪里，过得好不好，每每思及此，痛不可言。很多年，我没有再念起写过的情诗，经文代替了它们，驱散情念。二十六岁时，我在一个偏僻的地方留宿，那里接近沙漠，狂风卷起黄沙，我被迫滞留一段时间。在那里，我遇见了一个女子，像极了曾经的恋人。

那时候，我已经不会再如从前，遇见谁、爱上谁，就不顾一切地想和她在一起。我心中的爱情随我的过去埋葬在某个地方……她对我很好，从不问我的过去。淡淡情意流转，虽觉得不舍，我却知人生在世，走过很多地方，遇见很多人，再怎样都会过去，倒不如相逢一笑，留给彼此一个美好的念想。

她带我去看当地的山洞，说远游的僧人路过此地，在山洞里修行，有些人从此再也没有离开。山洞是自然塌方形成，存在很多年了，她对我说，每当沙尘暴袭来，百姓就会逃到山洞里，等到风暴过去，再从洞里出来，继续过日子。

她举着火把，带我进入山洞。洞里非常狭小，洞壁刻着密密麻麻的经文，应该是那些僧人所为。这里俨然是一处世外之地，虽然环境艰苦，却无碍在此修行。看着刻满四面洞壁的经文，我的双目不由得湿了，与他们相比，我何其渺小，又何其无能。曾经我是他们的信仰，是他们生存在这个世间追随的信念，我却背弃了他们。在这些远离故土、四处游荡的僧人中，有没有曾经接受我摩顶赐福的子民……我哀伤地闭上眼，不忍再看。

"我知道你是一个僧人，第一眼看见你时，我就知道了。"身边的姑娘突然回过头，火光照亮她的脸，明灭之中有种错觉，我们曾经在哪里见过。她继续说："你见过曼陀罗吗？传说在西方极乐世界，佛登坛说法时，天空会下起曼陀罗花雨，昼夜不息，非常壮观。千万人中只有一人有机会看到曼陀罗盛开，但凡看见花开之人，那个人的最爱就会死于非命。"

她走到一面洞壁前，将火把贴近，火光照亮洞壁，我随着她的视线看过去，洞壁上刻着一朵花，初见以为是莲花，再看又不然。她说："这就是曼陀罗花。"

她给我讲了一个故事，故事里的男女原本非常相爱，某日，男人要出门远行，他对心爱的女子说："你等我三年，三年后我就回来娶你。"女子含泪答应了。过了三年，男人没有回来，女子每天站在当初告别的地方，就这样又过去了三年，男人还是没有回来。三年又三年，九年过去了，女子由青春美丽的姑娘变成沉默忧郁的妇人，因为思念，她已不复昔日的光彩，容颜成灰，青丝变成了白发。

有一天，女子做了一个梦，梦见一个女人手持一朵花，花已枯萎，呈现黑色的颓败之势，女人眼露怜惜，对她说："你爱的男人得了重病，已经病入膏肓。我此番托梦给你，如果不想办法医治，他就会死去。"

女子急道："此话当真？你能治他吗？需要我做什么？"

持花的女人叹道："你都不问我是谁吗？为何相信我的话？"

女子苍凉一笑，说："你托梦告诉我，我有何不信？我等了他这么多年，他没有回来我就知道恐怕出事了……"她说到这里，哽咽起来，"他是一个说到做到的人，如果不是有什么回不来的隐情，一定不会杳无音信，让我等了这么多年……"

"倘若他背叛了你呢？在外娶妻生子，忘记了你呢？你恨他吗？"

女子摇了摇头，"我爱他，就相信他。除非他亲口告诉我，否则无论如何我都不会相信。"

"痴儿……"持花女人轻轻叹息，"我乃花灵，住于冥界，我需要痴情处子的血救活我的花。一命抵一命，如果你肯用你的血供养我的花，我便让你的男人起死回生。你愿意吗？"

"我愿意。"女子想也不想答道。

"痴儿。"花灵再一次叹息，转身离去。

第二天，女子醒来，发现枕边有未干涸的血迹，她摸了摸胸口，微微刺痛。自那之后，她每天醒来都会发现枕边的血，她的容颜一日比一日苍老，如一朵即将枯萎的花，一头黑亮的长发全白了，她心知离死期不远了。可是，她并不哀伤，反而隐隐感到快乐。每晚她都会做梦，梦见过去的时光，和深爱的男人在一起……这是她向花灵许的愿，她知道自己很快就要死去，祈求花灵能够让她在梦中死去，远离背叛，远离伤痛。

"就让我爱的人幸福，他会找到好女子。"

她沉睡的时间越来越长，形容枯槁，俨然一个枯瘦如柴的老妇。然后，她微笑的时候越来越多，用青春和生命换来期许的美丽的梦，在梦中实现一生的愿望。

每一朵黑色曼陀罗中都住着一个精灵，精灵可以为凡人实现一个愿望。愿望是需要付出代价的，她要从凡人的身上获取一样东西作为交换。获取的东西越珍贵，愿望就越逼真。黑色曼陀罗需要用鲜血浇灌，它迷恋热烈而致命的感觉。女子用自己的心头血浇灌曼陀罗，她流干了身上的血，枯竭而亡。

"那么，她的爱人活下来了吗？"

姑娘摇了摇头，怅惘道："哪里有什么爱人呢，不过是用这种方式结束她痛苦虚妄的一生。她的爱人，早在离家那年就遇天灾而亡，她一辈子都不会等到，何苦呢？"

我又问："那花灵为何要骗她？"

"花灵没有骗她，她用血供养曼陀罗，令曼陀罗恢复生机，曼陀罗为她实现了愿望。她的梦境对照前世今生，在梦中，得到了想要的人生，这也是一种代价。"

我听了，不由得唏嘘道："人生真是无常。"

姑娘一笑，笑靥如花。"每一个远离故土、寻求真理的人，都经历了大起大落的人生。倘若这一生，拥有一次梦境去实现念想，即便是虚幻，也心甘情愿……所谓爱情、所谓人生，因为无悔的付出，而显出无与伦比的珍贵。"

佛说一切皆微尘，是非微尘，是名微尘。我愿意就此化作微尘，决不迷蒙你的眼、占据你的心。我愿意如曼陀罗，呈现壮丽决绝的姿态，顷刻间分崩离析，随风消散。

《楞严经》中，波斯匿王问释迦牟尼佛："有不变不死的吗？"佛笑，反问波斯匿王："您三岁看恒河与六十岁看恒河，有何区别？"波斯匿王闻言，叹息道："我老了，恒河一直奔流不歇。"佛又问："那么，这里面有不变的吗？"波斯匿王愣住。佛说："变者受灭，彼不灭者，元无生灭，云何于中受汝生死？"

既因身之衰变，而预知身之必灭。何不因见之不变，而预知此见死后必不灭乎？

我问佛：世间有不变不死的例外吗？

佛说：所有生者都会死去，所有存在都会消失。只有一样如你所问，就是逝去的记忆。

我问佛：你是否会消失？

佛说：众生在，我在。我在众生的眼里，从未消失。我在你的心里，即使存在也是惘然。若我的消失换得你的觉悟，一切都值得。

我问佛：人又为何会变老？

佛说：人变老，因为日升月落、斗转星移。山河日月会随我们一起变老，因此，不必觉得可惜。你若觉得老了，那是因为时光跟不上你的步伐。

我问佛：人老了之后，是否就能够放下一切？

佛说：人年少，心已老。人苍老，心如初。说的都是同一个道理。不要在意自己的年龄，生命自然会替你加上去，又为何执着不放？

我六十三岁时回到阿拉善，这是青海湖之外的另一个安身地。人老了，很多事情就会慢慢淡忘，从无到有，从有到无，我始终孑然一身，孤独地来，孤独地走。老了就会想，此生是否有人为我送终，是否有人握住我的手，在我弥留之际说出让我死而无憾的话。

"日光之下皆覆辙，月光之下皆旧梦，懂我的人自然懂我，不懂的人由他不懂。"

这个世界，我已经反复看了无数遍，走过它的每一寸肌肤、每一根脉络……我想，我大概看出了世界的本来面貌，可惜它没有看清我的模样，世人亦如此。

"我执着的纯粹，不过是舍弃不掉的空幻想。"

我为自己编织了一个梦，梦里坐着一尊流泪的佛，他为世人流的泪，幻化成淅淅沥沥的雨，流进了我的心里。我有的，不过是孤独的回忆，我没有的，是被岁月消磨的曾经。

一个人要活永久很累，活一辈子很容易。也许你的前半生属于别人，活在别人的以为里，任由别人如何言说，是你吗？你问自己。你的前半生给了别人，后半生要留给自己，让雨水滋润，让阳光温暖，让双手拥抱、双脚行路，听从内心的声音，随心而活。

无论过去还是现在，我从来都是，随心而活。

阿拉善，我后半生的居地，宽容地接纳了我，悲悯地留住了我。如果此生想在哪里终结，就是阿拉善。

北之以北，微风更轻。我在阿拉善的沙漠行走，走向深不可测的天空，与边境之外的大海。尘世如斯浩渺，如斯辽阔，我们是尘世中的蝼蚁，却顽强地活着，找寻遗失的家。曾几何时，我无比留恋我的故乡，门隅。在那里，我感受到春天的温暖，夏天的宁静，秋天的深邃，冬天的寂寥。而今，我的眼前是一眼望不到尽头的沙漠，天遥地远，人世相望，何必留恋，不如相忘。

那一刻，
我仰起被风吹乱的面庞，

不为见佛，只为你见到我的笑容。

那一天，
我敲响古寺的晨钟，
不为诵佛，只为你听见我为你祈福。

那一月，
我饮遍所有康巴烈酒，
不为沉醉，只为感受你留给我的丝丝心醉。

那一年，
我踏遍荒山大漠、雪域高原，
不为行路，只为捕捉风中你消散的气息。

那一世，
我驻足凝望至海枯石烂，
不为等候，只为再看一眼你回眸一笑的容颜。

我们在此相遇，如果一天一天一天，那么一年一年一年，如果一年一年一年，那么一生一生一生。

活佛对我们意味着什么？是信仰，还是希望？对我而言，活佛只是被供奉起来的历史，世界的历史很枯燥，人的历史却很残酷。我的历史使我懂得，放下过去不意味着走完今生，而要走完，必然要先放下。

　　我其实想对佛说，众生皆平等，这是你教诲我的第一句话。我接受，奉行，故我与众生都是一样的。我不是尊贵神圣的佛，你也不是。人人可以成佛，佛却不能成就一个人，一个有血有肉有泪有心有魂有爱的人。

　　你说，生命是慈悲。
　　我说，无缘最寂灭。
　　你说，一生是一念，
　　我说，一生为情念。

　　一生为情念。

　　生命是美妙的轮回，无论如何，无爱无恨是我，亦爱亦恨是你们。无爱无恨，不代表我弃绝一切念想。我愿用我的爱唤醒众生的爱，用我的无爱让你忘却对我的想念。因为想念，从来都是一个人的事，付出我的想念，你才会觉得这世上有一个人默默地念着你，你才会觉得，你是众生最美的那一个。

　　你若为爱成蝶，我甘愿作为被你牺牲的茧。你若为爱搁浅，我甘愿为你潜入海里面。

　　我生命中的千山万水，任你一一告别。世间事，除了生死，哪一件不是闲事。世间事，除了情爱，哪一件不可以丢弃。我将骑着梦中那只忧伤的豹子，冬天去人间大爱中取暖，夏天去佛法经义中乘凉。我用佛度我的情，用情悟我的佛。这一生，前半生是我的"悟"，后半生是我的"度"。我在红尘路上，也在求佛路上。此生，无悔。

大悲无泪，大悟无言，大笑无声，大爱无尘。

用最美的一生为你铺开一幅栩栩如生的画卷，让你看到画中人不再是梦中人，梦中人走出你的梦境，走入你的生活，为你撑起一片日月光辉、星河璀璨的天空。你在天空下，微笑着看春华秋实，草长莺飞，流泪。

六十四岁，人生走到尽头。

我再一次回到阔别已久的寺院，承庆寺。承庆寺位于阿拉善腾格里沙漠的深处，腾格里，天神之意，在阿拉善当地，腾格里意为"长生天"，腾格里神就是天神。而在佛教中，腾格里象征佛祖。

行走在这片荒无人烟的沙漠，每走一段路，便能看见绿洲。我曾经无数次穿过腾格里沙漠，有一年，因为想去贺兰山，不眠不休，走了几天几夜。

弟子问我："师尊，您为何非要走这片沙漠呢？"

我说："沙漠是横亘在人身前的魔域，穿过它，就能征服它。我之所以选择这片沙漠，是因为它让我看到绝望之后的希望。当你走不动路的时候，以为会就此掩埋在沙漠下面，如果你坚持再走几步，就能看到被沙漠环绕的绿洲……如此，你每走一段路，就能看见一片绿洲，你就会燃起生的希望。"

大漠孤烟直，长河落日圆。

黄沙漫天，天地浑然一色。置身其中，仿若在一望无际的海中央，周围都是水，波涛汹涌，顷刻间就被颠覆。生命是这样微妙与脆弱，然而，山外有山，天外有天，苍茫大地有绿洲搁浅，一切的一切，无不向人诉说着昔日的辉煌。

晴天丽日，我在沙漠中跋涉，深谷里的一汪碧泉，唤起求生的意志。"生比死更可贵"，面对着茫茫大漠、生命即将被倾覆的那一刻，深感这句话的真意。

秋夜幽静漫长，阵阵凉风吹得身体发颤，内心却感到无比温暖，血液如清泉般从身体里流淌出来。看天，幽静得深邃；看地，广袤得浩远；看远处巍峨连绵的群山，将天与地连接；看山边稀稀疏疏的红柳，装点了这个荒芜苍白的世间。

古寺中一点寂光，是谁在为我燃起风中的酥油灯？
深谷中一声回响，是谁在为我唱起情深的歌谣？

幽夜很柔和，我弯下腰，脱下被碎石磨破的鞋，一双脚埋入黄沙，慢慢行走，慢慢歌唱，慢慢微笑。静夜思，一轮明月温婉地挂在天边，我凝望它，周身被柔亮的光笼罩，且行且歌，情不自禁地回首，身后朦朦胧胧的淡影，是被岁月优待的自己。

如今我看着它，像是回到了过去。而在这空无人烟的天地，月下的山影是如此之美，看着看着，泪水沾湿了脸庞，这正是我魂牵梦绕回不去的远乡。

空山鸟语兮，人与白云栖。

潺潺清泉濯我心，潭深鱼儿戏。

风吹山林兮，月照花影移。

红尘如梦聚又离，多情多悲戚。

望一片幽冥兮，我与月相惜。

抚一曲遥相寄，难诉相思意。

承庆寺，我在这里回忆我的生，迎接我的死。我关上所有门窗，将自己幽闭，白昼黑夜，闭门不出。

我的弟子前来问安，被我斥退于门外。我最后的人生路，不应该是被众人围绕，我不想让他们看到我离开时的容颜。倘若这一生，用一种方式与你，我爱与恨的世间告别，那也是我一人……清静，还自在。

我盘腿跪坐于佛龛前，恍然间，听见一个人最美的告白："时光是一尊步步生莲的佛，所到之处虽是一场无关风月的自得其乐，却处处会有传说盛开。"

我，会成为传说吗？我流下泪，笑了。

佛欲见我，我不见佛。佛不言语，我听佛说。

我问佛：何为喜乐？

佛说：没有迷惑，没有无明，没有快乐也没有不快乐，便是喜乐。

我问佛：何为觉悟？

佛说：佛者名觉，既自觉悟，复能觉他。觉悟一切种智，而谓之佛。佛引众生觉悟四谛，苦谛、集谛、灭谛与道谛。觉悟生命之苦，觉悟自觉觉他的智慧，到达涅槃。

我问佛：何为慈悲？

佛说：慈悲是大爱，因为爱而怜悯便是慈悲。循着慈悲心，将有无数道路带领我们证得佛性。

我问佛：何为涅槃？

佛说：涅槃便是成佛。清凉寂静，恼烦不现，众苦永寂。生老病死，肉体会消亡，灵魂不灭。人经历轮回，灵魂进入新的肉体，如此往复。只有到达涅槃，才可摆脱轮回，即证悟涅槃，解脱生死轮回。

生死是轮回，涅槃是寂静。

佛说，循着慈悲心，将有无数道路带领我们证得佛性。即使只是在智识上了解自己和众生本善，也能带我们趋近成就。

上师给弟子一根白骨，指示他们思索起源。弟子终于了悟白骨是生之结果，生是业报之结果，而业报是贪著之结果。众生为何有烦恼？那是因为悲苦。众生又为何有悲苦？那是因为众生轮回，七情六欲不灭，兀自缠缚，不得解脱。众生的悲苦，是因为不得觉悟，所以佛才普度众生，修行，觉悟，到达涅槃。

一条求佛路，一条问情路。既求佛，又问情；既问佛，又求情。缠缠绕绕，生生死死，如两根分不出你我的藤蔓，永远地纠缠，不离，不分彼此。

阿拉善的月亮很美，因为凄清更显得让人垂怜。月光朦胧，同一轮圆月之下，可有故人如我一般相思。今宵有酒今宵醉，但我已经很多年不喝酒了。未语泪先流，未饮人先醉，我的柔情醉意悉数给了远方的生命。无论你在何方，无论此时你正在思念谁、为谁难过，都要知道，你不是最孤独的那一个。我永远的爱意藏在心底，未来得及说出口，而当时的月亮已经代我表白了一切，这正是我想爱又不得爱的一颗心。

荒芜的本身是一种保留，因为静默，你永远不会了解它蕴藏怎样深沉如海的情感。

我第三次见莲华生大师，亦是此生与他最后一次相见。

我问大师："您可觉得，这一生是一个错误？"

大师言："一切终会成空，如果真是错误，最后都会消散而去。所以，你不必介怀。"

我说："相比结果而言，我更看重过程。我的生命是一个过程，漫长煎熬。我时常想，如果就此了结或许就不会有那么多烦恼，可是我舍不得。这么美好的人间，我怕闭上双眼再也看不见了……"

"这正是我执。"大师言，"你二十岁时没有了悟，所以你选择放弃。那时候的你是凡人，'生是佛身，心是凡心'，这是我曾经告诉你的。所以你放弃生命，我以为，你放弃了凡人的身，还可以轮回，也许下一世，就会了悟……我看着你一路走来，从风华正茂的少年到垂垂老矣的老者，身还是这个身，心却不再是这个心了。你修得了佛心，身体却已经千疮百孔，你不再有佛的圣洁与超脱。然而，我却比从前更看好你，因为你真正地懂得，首先要尊重生命，才能够立地成佛。"

我笑了，这真是对我最美的赞誉。若说这世上谁最懂我，必是莲华生大师无疑。

我说："承大师吉言，我几度历经生死，如今看淡。这身已经不是我的身，我的生命已经不再由我，使命也不仅仅是活着这么简单。我曾经说过，人，要懂得忍生。如今，我已年老，过一日算一日……越是接近死，越感受到这句话的奥妙。我的前半生，对我而言最难的两个字就是'忍生'，走过后半生，才觉得这两个字做到其实很容易，观自在，单看心想还是不想。"

大师默许地点头。良久，他又问我："既如此，你还有什么未了的心愿，或许我可以帮你实现。"

我一笑，灿如莲花："不负如来，不负卿。"

> 曾虑多情损梵行，
> 入山又恐别倾城。
> 世间安得双全法，
> 不负如来不负卿。

生命是蝴蝶，摘下我的翅膀，送给你飞翔。但愿，我真的可以不负如来，不负卿。

天上的月亮渐渐隐入云层，黎明很快就要来临。第七日，这是我幽闭的第七日。再也没有人来叨扰我了，彼一时，他们担忧我，一直有人在外面留守，又不敢出声打扰。我却知，他们在外面，很多人，我的弟子，弟子的弟子……我的信徒。

某一年、某一月，我完成了这一生不相称的使命，成为一名弘扬佛法的上师。可笑吗？我不信佛，佛却信我，我信缘，缘不信我。一切情缘皆佛缘，有缘之人，最后以"缘"的方式结束此生。

七日，我一日比一日饥饿，一日比一日虚弱。这就是死亡的感觉吗？安宁、幽深、孤独……死亡给予解脱，也给予我最后的留恋。二十四岁，独自走入青海湖，湖水淹没身躯，进入口，进入鼻，进入耳，进入眼，满心的荒凉与绝望，那时候以为，那就是死亡的感觉，带着所有的伤和泪，沉入水中。四十年后，依旧是一人，沧海桑田，生命的仪轨带我进入死亡的境界，再也没有伤痛，所谓的流泪，也是因为感恩和缅怀。

我的弟子一个个离开了，他们与我心意相通，知道我想独对死亡，独对佛。天地的光，在我感觉得到却触及不到的距离外自生自灭，我闭上眼，将一切身外之物隔绝，只余内心的声音，缓缓响起。

人生如雾亦如梦，缘生缘灭还自在。

我这一生，爱过一些人，恨过一些人，辜负一些人，想念一些人。我曾经觉得，爱不是施舍，不需要爱所有人，只爱人山人海中的那一个就够了。生命让我懂得不能承受之痛，亦让我懂得承受之后的悔，说到底，我是一个不为爱而爱、不为活而活的人。

在别人的眼里，我的一生是一个错误。我错爱了人、错信了人，错误地将自己交给无知无畏的命运。前半生的我走完了别人一生的路，由生至死，除了情，不知生命的意义究竟为何。我如一只扑火的飞蛾，投入燃烧生命的熊熊烈火中，随灰烬飘向苍穹。青海湖之后，我开始我的另一番人生，飞蛾终于破茧成蝶，穿破命运的樊笼，飞舞在苍穹之上，张扬的翅膀是无声执着的信仰。

在光亮之中，世界始终是我们最初和最后的模样，而面对世界的我们，始终在寻找最初和最后的爱。爱，再也不是随便说出口的一个字，爱是无声的信仰与无言的守候。情到浓时情转薄，我们总是错误地以为这一生爱过一次再也不能爱了，这一生耗尽所有力气去爱一个人、爱一些人，可是，有谁真正爱过我……没有，一个也没有。

黑暗之中，佛悲悯的容颜渐渐清晰，他无声地注视着我，似在说："在未涅槃之前，你仍可以继续爱。在未到达西天之前，你依旧可以践行爱的道路。"

"那么，佛会赦免吗？"我问。
"苍生难度。万幸，苍生有爱。"佛轻轻叹息。

"苍生难度，苍生却有爱。"我微笑地合上双眼。

行路如此难，灯楼望欲迷。世人有言，所有设下的迷界，都只为了跨越。我明了此生的意义，苦难的意义。一切不过是为了跨越，跨越生命，跨越执障，跨越爱情。

千帆过尽，人海寂灭。我恍然看见一个僧人的影子，风吹起红色的僧袍，他缓缓回首，隔着云烟雾海，与我遥遥相望。这是多年前执迷不去的我，是心中永久停留的我。

"你明了'不负如来不负卿'的意思了吗？"

他微微一笑，还是当年那个纯真、快乐，有着单纯的旧梦与遥远的梦想的孩子。

"一切事物，终归朽灭。借由无常，成就圆满。"

佛门在我身后重重地关上，我合上双眼，到达涅槃之境。乘风破浪，最美的一生，几度被伤害，几度被遗忘，几度被爱恋，几度被宽恕……这是我的人生，是我在千万人的眼中，无声告别的一生。身体陡然变轻，我如一只白鹤，用尽力气飞翔。

但愿你的眼中有我。但愿你抬头仰望，看见晴朗的日光、宁静的天空，看见我展翅飞翔的姿态，那么骄傲，那么自由，那么美。

让痛苦伤感随风飘逝，让生命之树历经沧桑而枝繁叶茂。当天空被乌云遮盖，当大地被海洋吞没，当你的脑海被回忆的浪潮倾覆，请还记得，我曾经来过人间，飞越万水千山，飞越人海苍穹，经过你的生命。

众生乐，我乐。
众生悲，我悲。
众生爱，我爱。
众生灭，我灭。

附
记

一生是一念

生命是慈悲，无缘最寂灭。
生命是涅槃，无爱最惘然。

藏历·水猪年·1683年·一岁

我睁开眼，看到彩虹横贯的天空，花雨弥漫，明亮的日光充盈视线，眼前一片洁白花海，以为身处梦境。我看到一对相依偎的男女，眉目亲切充满怜爱，他们的目光欣喜爱怜，仿佛我是这世间的珍宝。

那一日，我出生于莲花隐地，门隅。

藏历·木鼠年·1684年·两岁

我喜欢与天空对视，那无限深邃与洁净的蓝穿透宁静无边的心，仿若被它拥抱，被它时时刻刻地温暖。日升日落，唯有天空之蓝映入眼眸，漫溢心上，承接一年的春夏秋冬。

我是天空下的孩子。彼时，我记得。

藏历 · 木牛年 · 1685 年 · 三岁

日初新生，光阴岁岁，我爱淡远的山峦、宁静的夜湖……我爱在阿妈的怀抱，一日一日，晨光暮光与我的眼眸交接而过。我凝望远方，轻轻笑了。

我爱这样的生，朝朝暮暮，与光阴做伴。

藏历 · 火虎年 · 1686 年 · 四岁

那一夜，我做了一个奇怪的梦，梦见传说中的莲华生大师，足踏莲花，由远方而来。我看不清他的面容，听得他飘缈悠远的声音："世间种种变相，皆有起源。来与去皆是命中定数，不可参度。"

我从哪里来，要到哪里去。

藏历 · 火兔年 · 1687 年 · 五岁

我离开家乡，去往一个遥远的地方。山长水长，第一次看到青山以外的世界，江水悠悠淌过红尘，红尘朦胧，我心朦胧。一对白鹤悠悠飞过天际，它们停在不远处的山巅，驻足凝望我。我知道，它们在为我送行。

夕阳山外山，今宵别梦寒。离开家乡，我还是家乡的阿旺嘉措吗？

藏历·土龙年·1688年·六岁

我常常一个人跑到湖边，驻足凝望湖中的自己。那个小小的孩子，脸上倒映着清晰的哀伤，他在思念谁，在为谁难过……他说孤独不是因为一个人，而是世上最爱的那个人去了，再也不能被他拥抱。

这一年，爱我至深的阿爸离开了我，我很想念他。

藏历·土蛇年·1689年·七岁

七岁溺水，死亡的边缘很美，水流吞没视线，我看到一片模糊的白，以为天空下雪了。如此贴近死亡，我却看到雪花的快乐，飞舞在我的眼睫毛之上，天空一片明亮无着。

生死相照，有缘人在其间。

藏历·铁马年·1690年·八岁

我在巴桑寺学习佛法，心中存在诸多疑问。譬如，人为什么要来到这个世间；譬如，人生为什么要有生、离、死、别；譬如，轮回之后，是否有新的轮回……

我又一次渴望梦见莲华生，求他解惑。

藏历·铁羊年·1691 年·九岁

如果这注定是我求佛路上的一座高山，我愿意征服它。如果我能用一颗求佛的心去感化佛祖，求他让我见一见故去的阿爸。如果茫茫人海、阴阳相隔，想见而不得见，那么，便让我有那么一刻，郑重地与他们告别。

阿爸阿妈，珍重。

藏历·水猴年·1692 年·十岁

家乡的歌情深意长，每每唱起，不觉落泪。我是不可轻易落泪的男儿，我知道，但有时候，回望这十年走过的路：离开家乡，诀别父母，亲人离世，独留一人……我遗落了我的童年，他在春天的花影里对我微笑，亦如父的厚爱母的恩慈。

踏上一个人的少年路，彼时，我对自己说，永远不要为曾经的自己落泪。

藏历·水鸡年·1693 年·十一岁

这些年，我常常收到一个人的信，我对他有着说不出的情意。

阿旺嘉措，那个留存在心中的孩童渐渐远去了，随着童年的梦影沉入清湖。远方，波澜正在明灭，风吹过来，随着水波轻轻摇曳。我再也没有梦见莲华生。相反，另一个人的轮廓却在梦中越来越清晰，越来越近。

一日复一日，一年复一年，我在等他来。

藏历·木狗年·1694 年·十二岁

我十二岁了。若十二年为一轮回，我经历了人生的第一个轮回。这十二年的人生是一场梦，伴随着安宁而不真实的幻觉。也许过于宁静，这样的日子，周而复始，人生没有一丝波澜。我看着天空，恍然以为身处家乡的山巅，众鸟飞翔，百花绽放。

如果人生真只是这样，与世隔绝，不如随我回家。

藏历·木猪年·1695 年·十三岁

佛说，我们的佛性到底存在于何处？它存在于如天空般的自性之中，全然地开放、自由和无边浩瀚。有人问我，如果给你自由，你最想去哪里？我哪里也不去，人世浩瀚无边，无论是深海还是荒原，心在哪里，自由便在哪里。

我已至少年，漫漫时光悲喜无尽。

藏历·火鼠年·1696年·十四岁

情之滋味，只有经历过的人才深有体会。我后来无数次回想，如果没有爱情，这一生将会多么漫长无趣。佛法拯救不了我，至高的荣誉和地位不能让我展现欢颜，唯有爱，爱才不枉一场人生。

人生若只如初见。所谓人生，取决于你遇见了谁，爱上了谁。

藏历·火牛年·1697年·十五岁

我见到了想见的人，离开了不愿离开的人。人世之初，我却仿若历经人世沧桑，不经意间就这样老去了。有谁还记得，那个曾经盼望回家的少年，一夜间天地变幻，成为别人口中的转世灵童，从此失去自由。

十五岁的我，登上布达拉宫，成为六世达赖喇嘛——仓央嘉措。

藏历·土虎年·1698年·十六岁

寂寞的日子，我时常想起家乡一些朴素生动的歌谣，默默回味往昔的岁月。我在布达拉宫，一点也不快乐。日子一天天过去了，我变得忧郁沉默，一个人的时候，我喜欢站在山顶遥望远方。没有人知道，我看的其实不是风景，我在透过某处虚空，思念远方的爱人。

留人间多少爱，迎浮世千重变。和有情人做快乐事，别问是劫是缘。

藏历 · 土兔年 · 1699 年 · 十七岁

我坦承不愿对时光妥协，尽管已经妥协太多。我不会说这是身不由己，因为这条路是我自己的选择。十七载岁月，几多温暖，几多清冷，成全了谁，又辜负了谁。我所能做的唯有自己明白。

与灵魂做伴，让时间对峙荒凉，我无须对任何人交代。

藏历 · 铁龙年 · 1700 年 · 十八岁

十八岁，灿若朝阳的年纪，我是陌上盛开的一朵繁花，手握竹笔，轻轻挥洒清雅如兰的诗："世间安得双全法，不负如来不负卿。"

这一刻，我是世间最美的情郎。

藏历 · 铁蛇年 · 1701 年 · 十九岁

我是谁，我只是一个普通人，凡人的爱欲我有，凡人的喜怒哀乐我也有。无论我是否是五世达赖的转世灵童，还是六世达赖，这些都不重要。每一个成佛者都拥有一个凡人的肉身，有爱欲不意味着背弃向佛的誓言。

路漫漫，成佛与否，我并不在意。我在意的是，我是谁，只要我爱的人记得。

藏历·水马年·1702年·二十岁

我年满二十岁，受比丘戒。转眼几度春秋，再一次由五世班禅授戒。我望着他慈祥的面容，不觉动容，然而，我终究要辜负他。我对授戒的五世班禅说："今时，我将退回以往所受诸戒，不再是佛家弟子……"

我只是我，坠落凡尘，就算世人遗忘我，我依旧只是孑然一身的仓央嘉措。

藏历·水羊年·1703年·二十一岁

"昔日繁华今何在，故人知何方？"我没有留住我的爱人。要么消失，要么嫁人，她们一个一个离我而去。几年几月，仿佛过去了太久，想不起那些以记忆为生的日子，真实只是残留指尖的一滴泪。

我一直舍不得离开，是因为我知道你依然在。

藏历·木猴年·1704年·二十二岁

这一年我被幽禁于日光殿，外间的喧嚣纷争，隐隐约约无从得知。我不再尝试逃离，深夜在殿内饮酒，日夜颠倒，时而清醒，时而沉睡。昏昏沉沉中，我看到一些人，挥手与我告别。如果语言不能表达我的心声，还有什么能够让我珍藏对这世间最后的记忆。

醉笑陪君三万场，不诉离殇。禅心已失人间爱，又何曾梦觉。

藏历·木鸡年·1705 年·二十三岁

曾几何时，我仰赖他。曾几何时，我憎恨他。然而，所有爱恨都随他的离开终结。这世间，再无第巴桑结嘉措，有的只是一个想独揽大权的上位者，一个想挣脱束缚的可怜人……我们，不过都是可怜人。

原来这一生，我们也携手走过许多年，无论对错，彼此都奉献了一生。

藏历·火狗年·1706 年·二十四岁

一身僧衣，眉目依旧，好像很多年我就是这样，在这苍茫人世行走，看过一些景，恋过一些人，那些最美的时光，依旧用生命的痕迹记得。再回首，又一次于无声的黑暗中梦见，隔着二十四年光阴。人生总要经历几度轮回，十二复十二，弹指一瞬间。

浮生若梦，一场人生。最美，是我的一生。

藏历·土鼠年·1708 年·二十六岁

我一路往西南的方向走，尼泊尔、印度……途经羌地时，不慎染上天花。病症发作时，只有我一人，浑身痛痒难忍，生不如死。我念起六字真言："唵、嘛、呢、叭、咪、吽。"一遍一遍，祛除由心而生的魔障。

无限接近死亡的时候，我想起了一句话："圣者度人，强者自救。"

藏历·土牛年·1709 年·二十七岁

生命经过一段低沉的潜行期之后开始回忆，尽管我不愿意想，但是不能忘。我看到信徒光着上身，身背佛盒，双手合十，举过头顶，双膝跪地。他们以身体丈量土地，三步一匍匐，无比恭敬与虔诚。佛音绵绵，香烟袅袅，我远远地看着他们，怆然落泪。

昨日是今日的幻境，今日是明日的幻境。时隔三年，我回到了西藏。

藏历·铁兔年·1711 年·二十九岁

我被拉藏汗抓获，拘禁于达孜宗。为防止我逃脱，拉藏汗派重兵驻守，不给我食物和水。天气寒冷，浑身冷得发抖，没有人过问我，任我自生自灭。我用尽全力，用双手刨穿墙壁，看到阳光。

我看到光明之中向阳而生的一张脸，对我微微一笑，灿如莲花。

藏历·水龙年·1712年·三十岁

我在颠沛流离的路途遇到一个迷失的孩子，他问我："这世上有没有一个地方，没有疾病，没有灾荒，没有贫穷，人们相亲相爱……"我并不知道有没有这样一个地方，或许有，或许没有。我对孩子说："自然有，只是需要你自己去寻找。你所走的每一步，都将受到佛的指引，求佛的路亦是修行的路。"

如果有一天，这个世界不复存在，我们还可以遥想另一个世界，山青日暖，鸟语花香。

藏历·木羊年·1715年·三十三岁

三十三岁，我再一次回到西藏。青山依旧在，几度夕阳红。我仰望昔日的神山，皑皑白雪覆盖的神山静谧多姿，苍茫大地看似无穷无尽，布达拉宫依然恢宏如神殿，它隐藏在旭日的背后，离我那么远。这就是我曾经住了半生的地方，前世的梦影今世的念想。

生亦空，死亦空，生死之外尘世空，一切如空。

藏历 · 火鸡年 · 1717 年 · 三十五岁

我得知拉藏汗被杀的消息。曾经，这位蒙古王想将我从王位
上拉下来。曾经，他禁锢了我，又想杀害我……他让我懂得生命
的变幻无常，也让我明白，我从来不是一个人，而是与一群人、
千万人性命相连，福祸与共。我恨过他，而今这恨早已消弭。

佛叫我别恨那些伤害我的人，因为我心中有爱。若真爱，恨
也是爱。

藏历 · 土猪年 · 1719 年 · 三十七岁

每一个生于凡尘的人，当我们一而再，再而三地错过花期、
错过爱情时，不应哀叹上天的不公、命运的不幸。曾几何时，我
为爱而不得哀伤，甚至想过逃遁人世，结束这无爱无欲求的人生。
某天，我悟出了一句话："如果用一种方式去实现一个人的追求，
那就是无欲无求。"

三十七岁，茫茫人世悲喜无尽。我了断尘缘，安度此生。

藏历 · 水虎年 · 1722 年 · 四十岁

四十岁，我想去看海，想看一眼海的模样，是否与天相接。
我更想看一眼海中莲绽放，是否开出一个闭目微笑的莲花王子。
少年时代，我对自己说，我自是年少，韶华倾负。而今，我却懂

得，风华是一指流沙，苍老是一段年华。想来这就是岁月的贡献，改变了一个人站立世间的风姿，也改变了对身处世间的看法。

岁月不饶人，岁月却也惜人。

藏历 · 木龙年 · 1724 年 · 四十二岁

青海湖，依旧素如行云，也依旧美如昭雪。光阴似流水杳然远去，再一次来到这里，全然不一样的心境。风轻轻地吹动我翻飞的衣袂，一道一道白浪搭成优美的线条，延伸至碧澄清朗的天空。一种从未有过的温情在心中悄悄漫延，即使面对着死，也从未有这一刻宁静悠远。

四十二岁，我回到青海湖，涅槃而生的地方，我生命深处的归宿。

藏历 · 火羊年 · 1727 年 · 四十五岁

我来到向往已久的峨眉山。峨眉山是普贤菩萨的道场，形如一头挺拔屹立的大象。我站立在山之巅，看到传说中的"佛光"，光环中出现的唯一身影，仿若镜中人一般两两相望。我想起多年前看着湖中的倒影，天上人间，心境是如此相似。

在佛面前，我是一个迷失方向的孩子。在山之巅，我是一个向佛而生的旅人。

藏历 · 土猴年 · 1728 年 · 四十六岁

　　四十六岁，我再一次梦见莲华生大师，他依旧是我年少时见到的模样。我问莲华生大师，一别多年，如何看待我。莲华生大师说，你生一尊佛身，却有一颗凡心。我敬佩你的勇气，却为你可惜。自古以来，成佛者不能成全爱，纵有上天眷顾，到头来也是人我两空。

　　佛说，与有情人做快乐事，别问是劫是缘。无论是劫还是缘，总要度过去。

藏历 · 铁狗年 · 1730 年 · 四十八岁

　　我问自己，该何去何从。月亮在天上，我在地上，我仰望高高在上的它，它俯视卑微孤单的我。人与月相望，中间隔着光年的距离，光阴似水流年，这一生，就是在无数个清冷幽静的黑夜中度过，月光照无眠。

　　从今天起，做一个不忘情缘不拒佛缘的人，无爱无恨，无悲无喜。

藏历 · 铁猪年 · 1731 年 · 四十九岁

　　四十九岁时，我做了一件事。就像二十多年前走向青海湖一样，这一次，我不是为了赴死，而是为了体验生死。当我踏入水流湍急的河流时，被一个老人从身后拽住，他说："昨日种种譬如昨日死，今日种种譬如今日生，为何还执着过去？"

每一个变化中都蕴藏着死亡的因素，今日就是昨日之死。

藏历 · 水鼠年 · 1732 年 · 五十岁

天命之年，我想起了一些往事，关于别离，关于生死，关于情。听人言，情之一字，薰神染骨，误尽苍生。我曾经如他般问自己：红尘百转千回，因情一字，难道各在天涯便是我与爱人的最终归属吗？若是如此，上天又何必度我与凡人的红尘之缘？

红尘十丈，却困众生芸芸，仁心虽小，也容我佛慈悲。

藏历 · 火龙年 · 1736 年 · 五十四岁

五十四岁这年，我再次回到青海湖。青海湖，我涅槃而生的地方，搁浅了我的未来，沉寂了我的过往。若你问，我为什么喜欢它，也许是因为它让我看不穿来生的路，让我看不到时光的变幻与沧桑。

心之何如，有似万丈迷津，遥亘千里，其中并无舟可以度人，除了自度，他人爱莫能助。

藏历 · 火蛇年 · 1737 年 · 五十五岁

我至亲的恩师、一代上师五世班禅圆寂。我记得初受沙弥戒
时，他对我赞许期望的笑容，更记得拒受比丘戒时，他了然沧桑的
目光。我记得他对我说："你觉得什么是痛苦？你的痛苦就是别人
的痛苦吗？须知，痛苦也是一种恩慈，因为它与心最贴近。"

痛苦也是一种恩慈。可是，痛苦的滋味并不好受，若痛，就
让我一个人深痛。

藏历 · 铁猴年 · 1740 年 · 五十八岁

众生皆具佛性，心即佛，佛即心，亿万佛从心里流出，如此，
为何难度？因为欲海无边，抑或苦海无涯？我五十八岁，不再喝
酒，不再为世间情爱落泪。我却想，即使体弱衰微，依旧可以淡
笑着数天上的星辰，踏遍天涯聆听大海此起彼伏的浪涛声。那是
我余生唯一可做，而乐意去做的事。

遥望来时路，生别离，心静默然。

藏历 · 水狗年 · 1742 年 · 六十岁

从沙漠至大海，再至雪山，我在红尘里行路，身影随风雪而
去，身后的脚印深深地烙在雪地上，绵延至看不见的远方……请

不要问我从哪里来，天若有情天亦老，我自微笑，于尘寰之中唱响天籁。你听，风雪寂寞的声音，我的声音。

时间是恒河里的沙。这一年，我六十岁。

藏历·木牛年·1745年·六十三岁

"日光之下皆覆辙，月光之下皆旧梦。"我在阿拉善的沙漠中行走，走向深不可测的天空，与边境之外的大海。尘世如斯浩渺，如斯辽阔，我们是尘世中的蝼蚁，但我们顽强地活着，找寻遗失的家。

六十三岁，我翻越千山万岭，穿越茫茫沙漠，回到了后半生的家，阿拉善。

藏历·火虎年·1746年·六十四岁

我生命中的千山万水，任你一一告别。世间事，除了生死，哪一件不是闲事。世间事，除了情爱，哪一件不可以丢弃。我将骑着梦中那只忧伤的豹子，冬天去人间大爱中取暖，夏天去佛法经义中乘凉。我用佛度我的情，用情悟我的佛。这一生，前半生是我的"悟"，后半生是我的"度"。我在红尘路上，也在求佛路上。此生，无悔。

生命是慈悲，无缘最寂灭。生命是涅槃，无爱最惘然。

你看天，有风，有云，有日光。
你看地，有树，有花，有生命。
你看你，有心，有魂，有鲜血。
你看我，无爱，无恨，无慈悲。

图书在版编目（CIP）数据

我是凡尘最美的莲花 / 夏风颜著 . —— 长沙：湖南文艺出版社，2021.1
ISBN 978-7-5404-9815-3

Ⅰ . ①我… Ⅱ . ①夏… Ⅲ . ①散文－中国－当代
Ⅳ . ① I267

中国版本图书馆 CIP 数据核字（2020）第 206544 号

上架建议：畅销书 · 文学

WO SHI FANCHEN ZUIMEI DE LIANHUA
我是凡尘最美的莲花

作　　者：夏风颜
出 版 人：曾赛丰
责任编辑：丁丽丹
监　　制：毛闽峰　李　娜
特约策划：张若琳
特约编辑：孙　鹤
特约营销：刘　珣　焦亚楠
装帧设计：李　洁
封面插图：点　意
内文插图：符　殊
出　　版：湖南文艺出版社
　　　　　（长沙市雨花区东二环一段 508 号　邮编：410014）
网　　址：www.hnwy.net
印　　刷：三河市中晟雅豪印务有限公司
经　　销：新华书店
开　　本：875mm × 1230mm　1/32
字　　数：233 千字
印　　张：9.5
版　　次：2021 年 1 月第 1 版
印　　次：2021 年 1 月第 1 次印刷
书　　号：ISBN 978-7-5404-9815-3
定　　价：49.80 元

若有质量问题，请致电质量监督电话：010-59096394
团购电话：010-59320018